U0932565

河边流萤

谷安林 著

中共党史出版社

【题记】

夕阳辉耀着山头的塔影，
月色映照着河边的流萤……

——莫耶 郑律成《延安颂》

目 次

第一辑 红旗如画

第二辑 海阔山遥

第三辑 岁月走过

第四辑 光影逐梦

第五辑 人到老年

第六辑 为文之道

第七辑 温情笑容

第八辑 云中点评

第一辑

红旗如画

盛大

千秋伟业，百年华诞。明天，公元 2021 年 7 月 1 日，北京天安门广场将举行盛大集会，隆重庆祝中国共产党成立 100 周年；因年龄和健康的原因，不能前往感受党的蓬勃气象，不能现场聆听领袖的恢宏讲话，但可以通过电视收看，以激励奋斗之志，激发家国情怀，让激越的初心和使命之声回响在继续前进的道路上。

节日的花雨过后，我们面对的，依然是万里远征与奋斗的艰难，依然是肩头责任与自觉担当，两个“一百年”交汇，我们应该向未来交出让党和人民满意的答卷！

我们知道，今日世界，正值百年未有之大变局，虽风云变幻，有党的生动理论创造，马克思主义中国化最新成果——习近平新时代中国特色社会主义思想指引，有此定海神针，我自岿然不动，任何艰难险阻都阻止不了中国人民为实现对美好生活的向往，为实现中华民族伟大复兴而奋勇前进的雄伟步伐。

平凡的感动汇聚起来，就是美好的生命气象，就是萦绕党周围的紫气东来，就是中国前进的排山倒海的力量。永远与人民在一起，我们就会无往而不胜！

2021.6.30

强国有我

看实况转播，庄严与欢乐同时降临，许多情景让人难忘。庆祝大会上，花朵般可爱的青少年在“献辞”中发出承诺：“请党放心，强国有我”；新时代的少先队员、共青团员，透过这朴素的话语，我看到了你们的责任意识与勇于担当，想到脱贫攻坚中黄文秀离家返岗的含笑回眸，她那为洪水卷去、青春瞬间化为永恒；想到一百年前先贤们为救亡图存奔走，发出“少年强则国强”的生命呼喊。强国有我！强国有我！这一代青少年，有红色基因传承，有共产党人的榜样引领，一定会茁壮成长，为实现中华民族伟大复兴中国梦奋斗不息，作出骄人的贡献。

习近平总书记在庆祝大会讲话中说：未来属于青年，希望寄予青年。勉励青年以实现中华民族伟大复兴为己任，不负时代，不负韶华，不负党和人民的殷切期望。心有灵犀。新时代青少年的想望与志向，同党和人民的期望同拍、同辙，对于他们，我们应该有信心，应该放心，有党的阳光雨露哺育，相信一代更比一代强……

2021.7.1

主题

学习领会习近平总书记“七一”讲话，在我，首先拓展、深化和提升了“主题”意识，即习近平总书记在讲话中宣示的，“中国共产党一经诞生，就把为中国人民谋幸福、为中华民族谋复兴确立为自己的初心使命。一百年来，中国共产党团结带领中国人民进行的一切奋斗、一切牺牲、一切创造，归结起来就是一个主题：实现中华民族伟大复兴。”

这样，全篇讲话高屋建瓴，对我们党百年奋斗历程的回望，百年历史成就的检阅，百年历史经验的总结，对以史为鉴、开创未来，都有“纲”的鲜明统领，从而可以使我们更好地领会这篇纲领性讲话的政治内涵、理论要义、实践方略，进而积极贯彻落实，继续大力推进新时代中国特色社会主义，为实现中华民族伟大复兴中国梦而不懈奋斗！

2021.7.2

伟大精神之源

习近平同志在“七一”重要讲话中，鲜明地提出了伟大建党精神，其内涵是“坚持真理、坚守理想，践行初心、担当使命，对党忠诚、不负人民”，指出“这是中国共产党的精神之源”。随后，他又指出，“一百年来，中国共产党弘扬伟大建党精神，在长期奋斗中构建起中国共产党人的精神谱系，锤炼出鲜明的政治品格”。

毫无疑义，这是党建党史领域第一次出现的新思想新论断，具有重大的理论和实践意义，需要深入阐发和贯彻，以更好地为新时代加强和改进党的建设服务。

革命先驱，党的创始人，党的早期领导者，他们为了中华民族伟大复兴，自觉接受马克思主义，树立共产主义理想，从各地党的早期组织的产生到党的一大召开，昭示了他们的初心与使命；从发动工农运动到推动国共合作、掀起大革命高潮，以至国民党反动派叛变革命、大革命失败，共产党人鲜血洒遍大江南北，李大钊、夏明翰等无数先烈为人民英勇牺牲，昭示了他们奋斗中的英勇无畏、不负人民……

我们知道，一百年来，我们党团结带领人民开辟伟大道路、创造伟大事业、取得伟大成就，这过程中形成了诸如井冈山精神、长征精神、延安精神、西柏坡精神；雷锋精神、焦裕禄精神、铁人精神；“两弹一星”精神、航天精神等，这些具有标志性的革命精神，构成了中国共产党伟大精神谱系，而所有这些，共同的源头，就是习近平同志这次鲜明提出的“伟大的建党精神”。而且要求这伟大精神要代代相传，发扬光大。至此，对我们党伟大精神的总结、概括和提升，有了源头之说，有了谱系的明确，这个伟大精神构建工程终于获得圆满。

中国共产党精神源与流的研究，在百年历史成就的背景下展开，结合新时代新实践，一定会产生理论和实践相统一的新成果，助力红色文化发扬、红色基因传承，助力全面加强党的建设工作，助力第二个百年奋斗目标的胜利实现。

2021.7.4

江山

“江山如画，一时多少豪杰……”

“江山如此多娇，引无数英雄竞折腰……数风流人物，还看今朝。”

前有百代风流苏轼的咏叹，后有人民领袖毛泽东为历史书新词，为人民诵风流。

走进新时代，又有习近平总书记金句震撼：江山就是人民，人民就是江山。

江山如画，江山多娇，共产党人看江山，满眼锦绣、万千气象自不待言，更多的是政治内涵，看为谁打江山、守江山，如何保障红色江山万年永固。

江山就是人民，就是为人民谋幸福、为民族谋复兴，就是一代代赓续共产党人的初心和使命。

人民就是江山。今日红色江山，是人民打下来的；回望来时路，我们不忘老区群众“最后一碗米，送去做军粮；最后一尺布，送去做军装；最后一件老棉袄盖在担架上；最后一个亲骨肉，送去上战场”。不忘当年中央苏区十万挑夫走赣南，不忘淮海战役时百姓支前，连绵不断的小车奔战场……

党与人民百年同心、休戚与共，推进革命建设改革的伟大实践，取得了伟大历史功绩，这血肉联系割不断、紧相连，守望红色江山，瞩望更加美好的明天。

千秋伟业，百年华诞。当天安门广场红旗如画，花雨缤纷，欢声雷动，隆重庆祝中国共产党成立100周年，我们又一次深味“江山就是人民，人民就是江山”这至理名言，这真理的光泽。让我们在以习近平同志为核心的党中央领导下，高举习近平新时代中国特色社会主义思想伟大旗帜，不忘初心、牢记使命，为实现中华民族伟大复兴中国梦而不懈奋斗！

2021.6.28

七月三日

一个平常的夏日，在我，却有特殊意义。昨夜下了一场雨，早晨天空中还摆着大朵大朵的白云，我在万寿宾馆后花园散步，呼吸着清新的空气，思绪放飞得辽远。

今天是我的生日，——我入党 56 年纪念日。1965 年 7 月，我在中国人民大学读三年级时加入中国共产党；记得党支部大会讨论时，大家对我提了许多意见和希望，其尖锐程度，前所未有。那时有个说法，即这是入党前最后一次提醒，让你终身不忘大家的帮助。果然，半个多世纪过去了，当时听到的具体意见不免模糊，但那严肃的态度、尖锐的语调，至今难忘。几十年间，谨记当年关于谦虚谨慎、不骄不躁，夹着尾巴做人的嘱咐……

时光流转，由少壮而垂老，这 50 多年里，大学读了 6 年（参加农村“四清”8 个月，“文革”一年多），工厂待了 10 年，进京读研究生 3 年，中央机关奉职 30 多年，深度接触过农民、工人、机关干部、科研人员，可以说漫漫路途，不懈奋斗，勉力为党做了一些工作，虽微不足道，仍可自我欣慰。如今人老了，思想不能老，要加强学习，坚持党员标准，赓续党的光荣传统和优良作风，努力跟上新时代！

2021.7.3

光荣

今天承受了党中央颁发的“光荣在党 50 年纪念章”，不胜光荣之至！一时间浮想联翩，想到 1965 年 7 月 3 日，在中国人民大学光荣加入中国共产党；想到当年支部大会讨论时，同志们激励我前进的严肃而温暖的话语；想到那个早晨、在校园的一角，王淇老师代表党组织，找我谈话时的情景，往事历历在目，我心变得年轻……

参加党组织生活五十五六年，深知党的力量在于组织，组织观念组织纪律；我们的队伍向太阳，百年奋斗，百年荣光；欣看党的队伍在人民中间发展壮大，于今已是 9500 多万党员汇聚的奔腾不息的铁流，在以习近平同志为核心的党中央指引下，为实现中华民族伟大复兴的中国梦而不懈奋斗。

光荣与梦想，都连结着人民的期望；党与人民百年同心，持续奋斗，赢得百年辉煌；两个一百年交汇，我们一定不忘初心、牢记使命，继续奋进在为人民谋幸福、为民族谋复兴的漫漫征途上，努力为党争光，为民造福！

2021.6.24

啊，青年

这些年，每每看到有为青年到偏僻的山村支教，到边远的山乡参加脱贫攻坚，就会心有所感，滋生敬意；同时也会想到自己年轻时参加农村“四清”，下到工厂劳动，接受教育锻炼的情景，虽然时代不同、环境不同，但到基层去，到群众中去，到艰苦环境中经受磨炼，却有相似之处，发人深思。

人民群众的伟大实践是一个大熔炉。劳动人民的思想感情，劳动人民的语言，有光有热有色彩，与群众打成一片，才会洞悉世事，明白爱憎，懂得人生，才会深刻领会毛泽东同志的教诲：群众是真正的英雄，而我们自己往往是幼稚可笑的；人民，只有人民才是创造世界历史的动力。

想到当年初到下乡点，挨家挨户吃派饭，为房东担水、扫院子，与群众同吃同住同劳动，现在回忆起来，仍然有一种亲切感、光荣感、幸福感。想到初下车间，加热炉前拜师学艺；与工友一起，夹着饭盒奔食堂，说说笑笑，踏实，舒坦，开始了成长之路……这是灵魂的放飞，从一己的角落，走向宽阔的社会，在认识世界认识社会中放飞思想，接受考验，增长才干。“征途漫漫，惟有奋斗。”在实践中，与群众在一起，多的是奋斗的喧响、奋斗的欢乐，而一己的得失终究是可以忽略的。这样，我们就会如老一辈所期待的，逐渐走向成熟。

习近平总书记指出：“未来属于青年”，“新时代的中国青年要以实现中华民族伟大复兴为己任，增强做中国人的志气、骨气、底气，不负时代，不负韶华，不负党和人民的殷切期望”！这庄严的召唤，这热情的鼓励，在庆祝我们党成立 100 周年的重要时刻，必将成为引导广大青年飞奔向前、健康成长的精神动力，为新时代新青年所时刻记取。

2021.7.5

我们的心是相通的

读鲁迅，尽管他 1936 年就离开了我们，尽管他的文字，他的作品，距今已经久远，但我依然感到亲切，感到深刻，感到他与我们的心是相通的，先生仿佛就在近前，含笑看着我们，默默地点燃一支烟，准备与我们倾谈……这倾谈，自然是我的想象，实际是我很久以来就想与鲁迅先生倾谈，在我们党成立 100 周年之际，在光荣与梦想如江潮与海涛般交响的日子里。

鲁迅是朴素的，真理般朴素。先生的思想是朴素的，先生的情怀是朴素的，一如无言的江河向东、喧腾的大海连天；先生的文字是朴素的，至今蕴含着时代风骨，影响着后世文风。扫除浮躁、奢华，想问题办事情，真正坚持以人民为中心，依然是我们端正思想作风和改进文风的责任与担当。

克服形式主义和官僚主义，一个重要的前提，就是我们的心要与人民相通，可以说，这是个灵丹妙药，一抓就灵。党与人民，机关与基层，领导干部与群众，同志之间，都应该追求这样一种境界，即“我们的心是相通的”；那么，无论漫漫征途有多少艰难险阻、多少风云不测，我们都会众志成城，一往无前，永远立于不败之地。

2021.6.25

知敬畏

庆祝中国共产党百年华诞之际，习近平总书记前往新落成的中国共产党历史展览馆，参观"'不忘初心，牢记使命'中国共产党历史展览"，为全党开展的党史学习教育以推动和激励。期间，媒体报道了习近平同志对这一特别重要和重大的展览馆建设和展览陈设等作了许多重要指示，看了深受鼓舞和启迪。

中国共产党百年艰苦奋斗之路，百年砥砺前行、曾经的胜利与挫折，终于取得辉煌成功的历史经验，光荣传统、伟大精神、优良作风，等等，来之不易，须百倍珍惜、代代传承。这样，就给我们以启示：对待党的历史实践，党的历史经验，应该怀有敬畏之心；对待党史学习教育，一些单位应该自觉加强指导。事实上，在一片大好局面下，还是有些现象需要注意，并予以克服的：有的不符合正确的党史观，无视中央已经明确的历史问题决议，有意无意重新提出论点、论断，干扰正常学习；有的不尊重历史事实，另提新说……诸如此类的视频、文字都表现了对历史缺乏敬畏感，从根本上说，是违背马克思主义唯物史观的，理应加以克服。

对待历史，知敬畏，这样的提示，不仅对青年需要，对所谓知史育人的尤其重要，请废止那些不顾历史事实哗众取宠的文字，那些信口开河的谈说；十分清楚，对历史负责，与对党负责、对人民

★ 大别山干部学院

负责是一致的。在党史学习教育中，我们的领导干部包括基层干部，无疑应该表现出加强指导的责任与担当。

2021.6.20

三愿

前些天，习总书记就深入开展党史学习教育作了动员报告，全党振奋，热烈响应。作为党史人，一如欣逢盛大节日，尤其深受鼓舞，深味责任与担当。

学习领会习总书记重要讲话精神，不觉生出三个愿望。

一愿深刻认识党史学习教育的重大意义，党政军民学，东西南北中，回望过往的奋斗路，眺望前方的奋进路，通过深入学习党史，深入领会“江山就是人民，人民就是江山”的真理，以史鉴今，资政育人，在以人民为中心的奋斗中，为党的百年华诞献厚礼。

二愿悟思想结硕果。党的百年历史，一部马克思主义中国化的理论创新、理论创造的生动实践，尤其要深刻认识和实践习近平新时代中国特色社会主义思想，努力掌握这一强大的思想武器，用以武装头脑、指导工作；同时更好地做到“两个维护”“四个意识”“四个自信”等要求。

三愿学习与运用相统一，凡事做到言行一致、表里如一。马克思主义最本质的特征是它的革命性和实践性。按照中央的要求，开展好党史学习教育活动，离开了这个原则，就不会收到理想的效果。党的领导干部要通过提高自己，更好地为群众办实事，奋力开创工作新局面，为实现中华民族伟大复兴而不懈奋斗。

2021.2.23

悟思想

学党史，悟思想，想到列宁的一段话："现在必须弄清一个不容置疑的真理，就是马克思主义者必须考虑生动的实际生活，必须考虑现实的确切事实，而不应当抱住昨天的理论不放，因为这种理论和任何理论一样，至多只能指出基本的和一般的东西，只能大体上概括实际生活中的复杂情况。'我的朋友，理论是灰色的，而生活之树是常青的'。"列宁引用德国著名作家歌德的诗句，论述理论要随着实践的发展而与时俱进，理论的创新与创造是必须的，否则就无法满足现实生活的需要，就难以发挥理论对实践的指导。从这个意义上说，他赞赏德国伟大诗人歌德的诗句，即理论是灰色的，而生活之树是常青的。

回望百年党史，我们党实践和推进马克思主义中国化的光辉历程，显示出既一脉相承，又与时俱进，取得了从毛泽东思想到邓小平理论，到"三个代表"重要思想，到科学发展观，到习近平新时代中国特色社会主义思想的理论创新与理论创造，成功地指导了中国革命、建设和改革的伟大实践，指导新时代中国特色社会主义的胜利发展。学党史，以为当前最重要的，就是要联系党史、联系现实，认真学习深刻领会习近平新时代中国特色社会主义思想，用以武装头脑、指导工作，在新长征路上奋勇前行，实干兴邦。

伟大诗人可能不具有政治家的素养、品格和视野，但往往有神来之笔，给政治家以启发和借助，歌德这天才的诗句留给我们的不仅是美丽与聪慧，还有思想的力量和别样的美好。

2021.4.18

传承（上）

千秋伟业，百年华诞。在党史学习教育的热潮中，说说红色文化传承，恰逢其时。

关于弘扬革命精神，传承红色基因，多年来，我参加一些活动，从中多所思考，也为一些探索推波助澜，以为于加强和改善党的领导，加强和改进党的建设，意义深远。

微信作文，简短为要，拟分几次说点“实”的，与朋友们交流。

寻找和打造“载体”。多年前，一位从事宣传思想工作的朋友，跟我说我们也是有信仰的人，共产党人可以建“红色教堂”，一个村设一个，对党员和群众进行经常性的红色教育。我理解，大约就是党员活动室之类的“载体”。我们常讲，有党员就要建组织，有组织就要开展活动。那么，加一句，要开展活动，就要有场所，这个载体显然是必要的。慢慢地，人们感到为了生动教育形式、提高教育效果，仅有村党员活动室已经不够了，于是富有特色的红色纪念馆、展览馆，乃至以传承红色精神、强化党性教育的干部学院纷纷兴办，诸如河南的大别山干部学院、红旗渠干部学院、焦裕禄干部学院、新乡太行公仆展览馆，等等，给人以感奋和向往，那一片充满生机的红色风景。这些载体的打造，项目选择上宜精准，实施时，应有精品意识，胸怀百年大计。

当然，载体还很宽泛，党史革命史改革开放史书刊，红色音乐、歌舞和戏剧、影视作品创作与演出，等等，都应该充分利用，以尽其功。

2021.2.24

传承（中）

2019年末，我应邀参加在遵义举办的论坛，主题就是关于长征国家文化公园贵州重点建设区问题研讨。建设长征国家文化公园，贵州先行，突出“生命攸关命运转折之地”，以遵义会议会址及周边文物建设保护为“核”，加上一线、两翼、多点的布局，据说2021年底即可完成。长征全程涉及15个省份，长征国家文化公园重点建设保护区，除了贵州，我最关心的是四川段的建设保护。一是因为四川段路程漫长，当年险情不断，一波三折，富有传奇色彩的重要历史事件和红军英雄事迹层出不穷，恢宏而悲壮；二是纪念红军长征80周年之际，我乘车走长征路，从金沙江皎平渡起，经大渡河，泸定桥，雪山，草地，出红原县，过松潘，考察了长征四川段全程，自有感情在那里，何况还有对沿途革命遗址保护开发的一些思考。应该说建设长征国家文化公园，是新时代文化建设的盛事，也是弘扬和维护中国精神、讲好党的故事的宏大之举。盛世修史，建设和保护好长征国家文化公园，绘制好这二万五千里的史诗长卷，用以昂扬伟大精神，传承红色基因，实在是我们热切期盼的事情啊。

2021.2.24

传承（下）

红色文化传承的话题，微信哪里可以展开？再说书籍编写与课堂讲授，自然也是载体。

这几十年，党史类书籍，不知编了多少。有党史部门编撰的“正本”，为人们所遵循，更多的则是面向不同对象的读本，包括为青少年编写的“教辅”。从实说，数量已经不少，质量如何，社会效益如何，大约很少有人调查。以为总体还是不错的，但与精心选题、精心写作、精心修改、精心成书的愿望，恐怕还有相当的距离。自媒体上的党史知识，许多内容吸引人，但有的史实真伪难辨，写法上也形成模式，比如介绍人物，导语偏长，一段快结束了，才点出名字，让读者捋着文字干着急。

三尺讲台，喧腾历史风云。授课也好，五花八门的讲座、论坛也好，要么古板念稿，要么信口开河，或不知生动为何物，或不知敬畏在哪里；正确的观点与丰富的史料相统一，说起来容易，做起来难，但并非不能办好，事情全在于责任担当与探索实践。底线在哪里？党性为要，不搞历史虚无主义。

2021.2.25

擦肩而过

本来要写“高邻”，文章头儿都开了：大院里没有别墅，均为单元楼，多家起居，又多为六层，惟我搬来时恰一座高层竣工，分配我住九层，正可俯瞰远山近水绿树红花，好不惬意！然后，就该表单元里的高邻了。可是，想了想，还是不写了。

那么，写一个擦肩而过的瞬间印象罢。反正也是一位高邻。

都说“生命在于运动”，老来，散步就是我最大的运动。由于房子愈盖愈多，大院的空间日渐缩小；现在较为平坦的适合散步的，也就是北门至南门的大通道了。上午10时左右，我出来散步，几乎每次都会与一老人擦肩而过，这是一位名人L女士，年纪八十多了，身材娇小，左手由保姆搀扶，右手拄着手杖，快步行进，从我身边闪过，望着她蹒跚的背影，我不禁心中油然而生敬意，眼前还飘浮着她嘴角抿着的坚毅和深邃的目光……

别人告诉我，这是一位女界熟悉的领导人，曾经风云际会，出入重要政治和文化场合，如今老了，不再工作，但依然坚持学习，坚持户外锻炼（每天由人护着，在这条三四百米的路上走两个来回），仿佛在随时等候新的使命，等候国家的召唤。

于是，我想到，风范在前，不管年纪多大，只要能动弹，就应该和必须坚持行走，锻炼身体更磨炼意志，跋涉者的追求恰在道路之上！

2021.6.12

再细致些

媒体动员起来，弘扬红色文化，传承红色基因，其努力，世所共见，功德无量。点赞之余，惟有一愿：把工作做细致些。

刚刚看到有“红色人物”布诸报端，是一个栏题，刊载英模人物生平事迹。窃以为“红色人物”，概念不免宽泛，作为栏题，也嫌不够明晰。

红色文化，我们懂，红色基因，经宣传教育，我们也懂了，这红色人物就似懂非懂了；就其人物的政治特质，凡属人民范畴，都可以称红色人物，而这，显然不是媒体栏目所指示的。我说呢，类似革命先驱、英烈传、英雄谱等，都可以做栏题，都比内涵模糊的“红色人物”合适。媒体反映事物，纷繁复杂，瞬息万变，忙是事实，但有些事情还是可以思之再三，把工作尽量做得细致些，以为然否？

2021.6.3

凝聚

最近，中共中央、国务院印发了《关于新时代加强和改进思想政治工作的意见》，这是一件大事，我们应当找来认真学习，并努力践行。

思想政治工作是我们党的优良传统和突出政治优势，这次文件又加了“鲜明特色”四个字。党在领导革命、建设和改革的伟大实践中，充分发挥思想政治工作优势，积累了丰富经验，同时，面对世界百年未有之大变局和国内形势的发展变化，新时代思想政治工作需要进一步加强和改进，需要守正创新，探索新经验，开辟新局面。这关系到新时代中国特色社会主义的健康发展，关系到党领导的全部工作，从中央、地方各部门到基层，都肩负开展思想政治工作的使命担当。因而，不能不关心，不能不了解，不能不学习贯彻。

加强和改进基层思想政治工作，重要而迫切，道理不须多言；现在新时代思想政治工作内容特别是十八大以来提出的新内容，已经清楚，方法就凸显了，而已往行之有效的做法无疑可以参考借鉴。诸如，1990 年代上海全市开展的“凝聚力工程”，即“关心人，了解人，凝聚人”，引领和团结广大群众推进中国特色社会主义事业；他们通过总结两个基层单位的经验，上升为一般方法，再拿到全市推广，再总结提高，这样集中起来、坚持下去，循环往复，取得了实效，形成了新鲜经验，后来在全国许多地方借鉴实行。当年我参与了经验总结，并著文在媒体介绍，至今记忆犹新。

思想政治工作是党的一切工作的生命线。刚刚下发的这个重要文件，强调“加强和改进思想政治工作，事关党的前途命运，事关国家长治久安，事关民族凝聚力和向心力”，意义如此重大，我们务必高度重视。文件既提出了总体要求，又分门别类明确具体要求，而且具有操作性。当然，结合不同实际，我们会有生动的创造，从而把党员、干部和广大群众团结凝聚在以习近平同志为核心的党中央周围，形成排山倒海磅礴之力，推进新时代中国特色社会主义伟大事业！

2021.7.15

谈话

做思想政治工作，离不开谈话这个环节，而谈话的态度与能力直接影响工作效果。

记得当年到中组部不久，被安排去十三陵中直造林站植树。那时条件简陋，许多人搭铺在一起休息。中午饭后，一些人在打扑克，我因初来乍到，与大家不熟，坐在一边看书。这时一位老同志微笑着走过来（我已知道他是某局领导），与我打招呼："……谷同志，看书哪，……老家什么地方？家里都有什么人啊？……来部时间不长吧……"这种传统家常谈话方式，听着亲切自然，一下子拉近了距离，令人立马有了党员之家、干部之家的感觉。这个谈话距今快四十年了，印象深刻，依然鲜活地保存在我的脑海里。

思想政治工作，一个重要内容，就是团结人，凝聚人，进而万众一心，为实现党的初心使命奋斗；这里，态度上平等待人、将心比心十分重要，开展谈话的具体内容、目的，当然重要，但一切应该从这里出发。如毛泽东同志所教导的，"……我们都是来自五湖四海，为了一个共同的革命目标，走到一起来了……一切革命队伍的人都要互相关心，互相爱护，互相帮助"，这种亲切感，这种同志情谊，是金子一般珍贵，任何时候都不能忘记。

思想政治工作，是我们共产党人的传家宝。一点愿望：我们的思想政治工作者，弘扬党的光荣传统，学会与人谈话，请从端正态度、改进方法开始。

2021.7.15

少说多做

有些人太爱说，也太会说，初听觉得才高八斗，人才难得，时间长了，考其所为，发现只说不做，或说十做一，就是个绣花枕头，蜡样枪头。这样的人倘为官，不仅百无一用，而且会贻误党和人民事业；就是一般做朋友，也应有所顾忌，再见面避之唯恐不及。

人生在世，须为人正派。而正派之人应该有一说一，有二说二，办事务实，不尚喧哗。寡言少语并非无才，巧言令色，往往另有他图。无论奉公办事还是朋友私交，都应提倡“少说多做”，重在看实际，看实绩，看在实践“以人民为中心”的过程中，是否有责任担当，在日常与人相处中是否有真诚……

自然，提“少说多做”，不是说娴于辞令、能言善辩是缺点，不受欢迎，相反，能说会写历来是人之长，提高表达能力，包括讲演、应对新闻记者等，不仅是领导干部的修养内容，而且就是普通人，也是可羡慕的品质。显然，这是不该产生歧义的。

2021.7.23

挺住

灾难降临，举国关注，八方声援（随后是各种形式的实际支援），“挺住，河南”，这充满骨肉亲情的呐喊，催人泪下，也给人以力量和信心！

郑州，这曾经拉响“二七”汽笛，有着光荣革命传统的英雄城市，相信你中原人伟岸的身躯，相信你历久弥坚的钢铁般意志。

艰难过去，就是朝阳如洗、夏花灿烂的早晨。

我的河南朋友，郑州的，新乡的……请接受我的慰问与声援，请让我表达心中的敬意；中原文化滋润着中华文明，我们说文化自信，离不开对这片沃土的礼赞。展开中华英雄谱，远的不说，仅我常去的新乡市，人民公仆史来贺、郑永和、吴金印、裴春亮，事迹感人，声名远播。这样英雄辈出的大地，这样英勇无畏的人民，战胜任何灾难与风险，应该说，都是毫无疑义的！

2021.7.22

悬

心悬一线！此刻，就是这心情；新乡，卫辉，抗洪涝灾害形势依然严峻，消息来自媒体，也来自那里的老同志，老朋友，——卫河等河道出现漫堤险情，一些村庄，大片田地陷于汪洋……

新乡，中原文化福地，近代以来孕育无数英雄豪杰，生长感动中国人物，涌现党建先进群体。共产党人不忘初心牢记使命、鞠躬尽瘁为民造福的事迹和精神，写满新乡大地，刻上大山石壁。相信在自然灾害面前，他们一定会坚强地应对，一定会冲破艰难险阻，最终取得抗洪抢险、灾后重建的伟大胜利！

这里，我和到过新乡的我的同志、朋友，向抢险一线的同志们致敬，给遭遇水灾的乡亲们致亲切慰问，祈灾害早日除去，恢复和发展早日实现。

胜利在望！

2021.7.24

英雄泪

来自新乡的视频，看了心里难过。79 岁高龄的老模范吴金印，深入抗洪救灾一线，查看灾情、抚慰群众，与老百姓说贴心话，说着说着，一时哽咽下泪……

莫道“男儿有泪不轻弹”，还有后半句——“只因未到伤心处”！相信，没有天大的事，老英雄吴金印不会落泪；“让人心疼啊，……粮食都放在家里，都淹坏了……”这话，只有吴金印能说出；此刻百姓心情，只有吴金印能深切体会。然后，他宽慰百姓，解放军来了，武警部队来了，全国人民来支援，送来吃的，送来被子……他随时做思想政治工作，安定人心，增强信心，以重建家园。

吴金印同志几十年如一日，坚持在乡镇一线工作，最懂家家户户老百姓的心。他不忘初心、牢记使命，改革创新、与时俱进，带领群众走共同富裕的道路，守望百姓幸福家园，被誉为太行公仆、乡镇党委书记的榜样。大灾面前，他与人民群众休戚与共的血肉联系，从中可见一斑，不愧为全党学习的楷模！

2021.7.28

八月一日

今天八一，光荣的建军节，我在记忆里搜索与军队军史军人朋友相关联的事情，自然不少，诸如参加过军史研讨会，参与讨论过重大革命和历史题材影视作品（军旗从这里升起、共和国摇篮、五星红旗、三湾改编……），与几位将军朋友以及老区建设促进会中军队同志的友谊，等等。这些，在节日里，都在眼前生动起来，使我对英雄的人民军队充满敬意和自豪。

我又一次想起，2016 年早春时节，参加电视剧《彝海结盟》开机仪式之际，我与几位年轻人一起重走长征路；想起写《长征颂歌》歌词，后经年轻作曲家郑确谱曲，为中宣部等五部门选入第三批专辑传唱歌单。铁流二万五千里，人类历史伟大壮举，人民军队的英雄史诗，这样荡气回肠，永驻我心！这应该是我献给党和党创建和领导的人民军队的一份至诚礼物。

学党史，很大一部分内容是学军史，学人民的江山是如何得来，人民的江山应该如何捍卫，人民的美好生活应该如何守望。党领导的人民军队，不仅是人民江山的保卫者，也是建设者，在抗洪救灾、抗震救灾、抗疫为民等斗争中，人民军队爱人民的光辉事迹，我们听了看了感受了，心存感激，永志不忘。致敬！八一建军节，以我们平凡的视野，平凡的歌吟！

八月一日，我们书写着平凡的感动……

2021.8.1

春天的约会

曾经，我与春天有个约会，那就是参加全国政协会议；我是十届全国政协委员，那些年仿佛春天的脚步格外轻盈，大会堂内外议事的话语传达着委员的报国热忱，匆忙的身影透露出珍惜使命的殷勤；委员来自社会各界，带来了全社会对改革发展的关注与良策，也带来了对惠及民生问题的关切与建议。春天的约会这样激动人们的情怀，间或欢声笑语为首都的春天增添了亮丽的色彩。

时间飞转，十几年过去了，又是 3 月 4 日，全国政协开会的日子，春色更加美好；政协委员是政协一切活动的主体，委员充分发挥作用无疑是会议取得预期效果的重要一环。祝委员们按照党的期望，履行好职责，努力工作，愿会议春色满园，圆满成功。

还记得那些年散会的时候，天安门广场春花般的姑娘们高举送别的牌子，一人一个字，连起来，就是“明年春天再相会”！

啊，北京的春天真的来到了。

2021.3.4

★油菜花开

烟雨南湖

回忆的闪电，
划破历史天际。
我在读
——陈潭秋，
那是旅俄的日子，
红都的晴窗下，
花香融入思绪，
一个记忆力超群的人，
书写“一大”往昔……

于是，我知道了
百年前
嘉兴南湖，
一场急雨过后，
恰船少人稀；
芳华聚议，
开天辟地，

全部议程通过了，
终于可以
轻声哼唱国际歌
高亢的旋律！

今天，
我们诗意描绘：
一条小船，
诞生了
一个大党；
其间时光漫过
万水千山，
沉重烟雨；
南湖啊，
你这光荣源头，
千秋历史胜迹！
新时代，
振衣再出发，
怎能淡忘
来时的路径？
奋斗者的心底，
永远珍藏
如火七月，
那诞生的阵痛
与啼叫的欢喜！

2021.3.10

为了迎接

为了迎接党的百年华诞，去年以来我试图写一两首长诗，政治抒情诗，表达我对党的忠诚与礼赞，比如，以“走过”为题，以“红旗漫卷”为题，结果断断续续写了一些，都没有成功；我知道，当年写“我歌唱，我步入中年”时那如风联想和爆发力等，随着年龄的增长，都已风光不再，勉强为之，也许并不好，于是作罢。

今天看习近平总书记颁授“七一勋章”的情景和重要讲话，特别是“新时代是需要英雄并一定能够产生英雄的时代”这凝重的话语，着实令人感奋。相信继续推进中华民族伟大复兴的大潮中，中华大地一定会出现英雄辈出的宏伟景象。

这里，仅录1990年代神农架归来写的《箭竹吟》，与朋友们分享。

箭竹吟

六十年一个甲子，箭竹
生命轮回，一枯一荣。

一百年一个世纪，历史
沧桑巨变，亦忧亦喜。

死去了的箭竹，一片片
盔甲未解，英姿不减。

逝去了的英雄，一个个
音容宛在，气贯长虹。

生生死死，箭竹成阵，
壮阔无言的神农顶。

搏击风云，人间正道，
启示前仆后继人……

2021.6.30

★黄柏山的竹

致敬郭小川

感谢《文艺报》，庆祝中国共产党成立100周年之际编发“特刊”，给我们介绍许多久违的现代文艺大家，诗界则自郭沫若起，群星灿烂，而我又一次走近郭小川，不禁感慨万端。

现代作家作品，我选购“全集”上架的，只有两位，一是鲁迅，一是郭小川，足见我对郭小川作品的深爱。这次《文艺报》载署名燎原的文章《郭小川：时代代言者的格局与诗歌》，自然写得不错，说郭小川的诗歌，曾是我们一代人的记忆；尤其在文章末尾评价的“诗人郭小川既是时代重器型的作家，也是在中国现代诗人序列中留下了多项遗产的一位诗人”“……郭小川在诗歌文本方面一系列的艺术建造和人格范式，则使他既属于他的时代，又超越了他的时代”。怀念郭小川，想到他的《向困难进军》《甘蔗林——青纱帐》《望星空》《林区三唱》等脍炙人口的诗章，特别是他就要走出逆境、重返文艺界前放声歌唱、产生让人耳目一新的新作时，竟不幸逝去，让天下人为之扼腕痛惜！

作为后学，我的诗歌创作深受郭小川的影响，这一点，阿红老师早在1990年评论我的诗作时，就说过“安林可能很喜欢著名诗人郭小川的诗。那严整的句式，那铿锵复沓的节奏，颇有小川味”“应该说，安林语言流畅，圆润，对小川诗式运用熟练”“后一代诗人在艺术上可能受前一代诗人的某种影响，但是必然会有自己的注入与创造”。阿红老师目光如炬，他看到了我对郭小川的膜拜，同时鼓励我在继承的基础上，加以创新，在创作中努力有自己的注入与创造。

致敬郭小川，愿郭小川等先贤开创的一代诗风，在讴歌新时代的奋进中放射异彩！

2021.7.11

野苹论诗

野苹，即陈野苹（1915年4月15日—1994年8月17日），四川冕宁县人，1933年加入中国共产党，中共中央组织部原部长，也是一位著名诗人。据《野苹诗选》后记，他一生勤奋好学，在60多年的革命生涯中不仅发表过大量的政论文章，而且写下了许多感人至深的诗词。1994年，党建读物出版社决定为陈野苹同志出版一部诗集，部领导责成我参与工作，具体选编（详见《我为陈野苹编诗选》，载2015年《百年潮》杂志）；期间，陈野苹同志《论诗绝句》一篇，给我印象殊深，从中可以看出野苹同志并非偶尔作诗填词，其坚持日久、诗艺精深，非同寻常。这里，转发野苹诗《论诗绝句》，与大家分享，相信从中会受到深刻启迪。

论诗绝句

三年二句闭门觅，
七步八叉对客挥。
钝捷常因天赋异，
高低却在功力为。

万卷诗书当读破，

人情物理体察深。
融和情理须高艺，
意境不离时代魂。

绝句难工还易作，
律诗难作易为工。
字稀难炼精华句，
语众可施雕琢功。

2021.7.16

一条大河

窗外下着雨，有风穿堂入室，明显感到凉意，我知道夏日即逝，秋天到了。

不知何故，这些天耳畔经常回响电影《上甘岭》插曲《我的祖国》"一条大河……"听着听着，就会联想到乔羽乔老爷那笑容可掬的样子。他创作的诸多经典歌词，这一首大约是受众最多、影响最广，也是最金贵的一篇！

一条大河波浪宽，哪条河呢？泛指，祖国的千江万河，然而我以为应该是他胸怀长江写的，"风吹稻花香两岸""听惯了艄公的号子"云云，非长江哪里够格。自然，"这一条"大河，就是我们心中的河，炮火纷飞的战场上，阴暗潮湿的坑道里，一曲"一条大河波浪宽"，那是家乡的记忆，祖国的象征啊！不错，朋友来了有好酒，若是那豺狼来了，等待它的有猎枪。我们酷爱和平，但也不怕战争，为了守望自己的家园，我们随时准备着。

歌词创作其实挺难的，好的传唱久远的歌词凤毛麟角般稀少。乔羽的经典歌词，来源于丰富的社会生活，也赖以他的天分，他的机缘偏得，许多作品都是可遇而不可求的，《我的祖国》即是。有感于当下一些标语口号式歌词写作之滥，盼急功近利的年轻作者，向经典致敬，向乔羽、阎肃这些老一辈有成就的作家学习，不断地

★ 滴翠湖

充实自己，提高自己，坚持从生活出发，创作有真情实意，又催人向上的好作品，以不负韶华，青春无悔。

2021.8.19

父辈

自然，说的是我的父辈，于今百岁上下，大多已悄然逝去。他们经历过战火，有过一己的贡献，懂得和平的可贵；他们是新中国第一批建设者，那成千上万的矫健身影，在鞍钢，在包钢，在一汽，在一拖……我的父辈，是平常人，他们的劳作，他们留下的故事，对于我，不乏平凡的感动；爱厂如家的老孟泰、走在时间前面的王崇伦，现在的年轻人可能不知道他们的名字，更不了解他们的故事，但历史不会忘记他们，因为今天的一切建设成就，都是和他们的开拓和贡献分不开的。我的父辈大都是党员，他们没念过多少书，但勤奋好学，朴实无华，参加干训班，回来路上不倦地讨论唯物辩证法，讨论价值与使用价值，对马列主义经典奉若神明，对毛主席情深似海。

我的父辈困难时期挨过饿，知道粮食的宝贵；工资不高、人口多，知道节俭过日子；邻里友善，知道人情世故；就是退休了，依然安贫乐道，嘱咐儿女遵纪守法……

我的父辈，从农村出来的工人、干部，从贫困中走过的普通百姓，他们的光荣与梦想，同党和人民事业兴旺发达紧密相连（有诗赞曰，“祈国泰民安，皆寻常百姓”），他们平凡的一生，已铸入共和国大厦的基础，他们的品格和精神，应该永远川流在我们和我们后代的血脉中！

2021.8.15

长者

部里的杨丁副主任，我的老领导，已逝去多年，偶尔想起，他的音容笑貌就会浮现在眼前。他知识分子出身，很早参加革命，知识广博，阅历丰富，为人谦和，谈吐风趣，大家都愿意接近他，接受他的谆谆教诲。

1981 年 10 月初，我到部报到不久，即随他去江苏调研，题目是“干部工作走群众路线问题研究”。行前他交代和解说任务后，特别嘱咐“南京一带纺织品发达，不要抢购啊”。我口中诺诺，却与另一位随员私语，表示不理解。主任家在东台，南京座谈项目完成后，接着去东台县调研，听听基层意见。南京已安排专车送达，他婉拒，提出乘社会长途汽车。那时的车况落后，座位前后的空间很窄，他又比较胖，一路遭了不少罪。到了东台，阴差阳错，竟没人来接，主任有些不快，于是叫上三辆人力车，直接拉进县委大院。几个小时后，县领导回来再三道歉，说是忙着下乡，忘记安排人迎接了。主任微笑着摆摆手，这个情节就算过去了。

本来计划在东台住上五六天，深入了解有关情况，然而也许是县领导想弥补接待不周，伙食安排得有些过分热情。主任与我们商量，“这么吃下去不行啊，还是早些离开吧”。就这样，大约住了三个晚上，就离开了。东台是主任的故乡，许多年没有回来，这次又是带着工作任务，白天座谈调研，晚上组织我们讨论，连电影都不去看（那时也没有其他娱乐），如此谨慎自律，我当时感动不已。

主任的廉洁自律，不是装样子，他身上表现出的高尚品格，是长期革命经历的结晶和投影；记得他退休后，春节我们到他家拜年，个人送给他一点小礼物，他都不肯收；临走，他送我们出门，还在说："你们记得我，来看我，就很好了，千万不要带什么礼物。"

主任的幽默，让人感到温暖，"写诗啊，好，那就是啊、喔、哦了"。主任年老亦不乏童真，记得东台调研时，晚上与我们聊天，从钱夹子里拿出大学时的照片，"怎么样，挺帅气的吧"。果然很帅！那时他在南京中央大学读书，已开始从事革命活动……

郑老

郑老，科扬同志，我的第一个上级，也是我的人生导师，这么久没有见面了，疫情起伏，心中不免惦念。

说是第一个上级，没有什么其他缘由，只为与他见面之前，我并没有意识到自己是干部，仿佛还停留在塞外那个兵工厂，接受劳动锻炼的身份。那天，我在社科院新闻系宿舍收拾杂物，忽接中组部研究室电话，让我去一趟。原来组织上让老郑（那时大家都这么叫他）跟我谈话，即入部正式谈话。“我叫郑科扬，是你的处长，以后你就叫我老郑，或者科扬同志……”老郑那年50岁左右，精神矍铄，谈吐非凡，精明强干，一时我为有这样的直接领导暗暗欣喜。“听说你经常写诗，来这里不能写诗。”“这里培养党内秀才，无名英雄。”“我们的工作（部刊）面对全党讲话，要加强理论学习，加强调查研究，从中锻炼提高，这一点，过些年你会有所体会”。随着时间的推移，科扬同志的严格管理，果然培养出诸多青年才俊。他就是一个高端的孵化器啊。

当年的老郑，还是一张温情的网，政治上工作上严格管理，同时生活上关心同志、爱护同志，许多感人的细节，让你深切感受到大机关少有的人情味。我的家属初来北京，借住同事的房子，一天傍晚科扬同志处理完文稿，蹬自行车从西单到天坛东，来家看望，嘘寒问暖，亲切感人。每当我想起郑老，眼前就会浮现出我想象中的街灯下他蹬车疾行的情景……

科扬同志老了，我们，他的爱徒，也一个个老了，但我相信郑老永远不会老，他的思想触角依然敏锐如昨，他的谈吐依然侃侃如昨，他的文字依然犀利如昨；郑老，我们永远都是您的学生，见与不见，心都是惦记如昨，情都是依恋如昨，笔都是效法如昨！

郑老，保重！祝您健康、快乐！明天的太阳更鲜亮！

2021.8.13

晨光

年轻真好，如这初秋的晨光。我不理解一些年轻人的贪睡，日上三竿仍不起床，揣测那大半是生活优裕的缘故。以为少男少女应该珍惜晨光，黎明即起，跑步，温书，不负韶华。

想起初到组织部时，早锻炼的往事。那时虽然人到中年，锐气尚在，自己没有体育特长，就跑步罢。每天早起从西单北大街起步，过灵境胡同、府右街，上长安街，一路向东，绕天安门广场一周返回，那时浑身是劲，从不知累，坚持了许多年。我体会，长跑运动带给人们的，不仅是健康和体能，还有精神的振奋与思想的激发；没有冥想，而是灵动的思索，宽广的联想，天人合一的宽舒……

长跑路上，耳畔回响“莫道君行早”毛主席这豪迈的诗章，更增添早行人的精、气、神，为人们昭示着高尚的情怀，注入了向上的力量。晨光熹微，蕴含着美丽、神奇与丰富，融入晨光就会感受到生活的诗意，人生的富矿等待你去开掘，光辉的巅峰等待你去登攀，辉煌的日出正是你的生命气象。晨光与动感相映成趣，让人联想到诗人何其芳的锦句，“生活是多么广阔，/生活是海洋，/凡是有生活的地方就有快乐和宝藏”。晨光里，我们感受着生活的美丽和芬芳，也焕发出前进的力量；人生易老天难老，晨光永远年轻，如我们执着的追求与永不褪色奋斗的青春！

2021.8.29

第二辑

海阔山遥

念海

我出生的地方，离大海其实没有多远，但赤脚触摸海水、溅起浪花，却已经成年，直觉得渤海湾的水多少有些冷峻。

南中国的海，就相见更晚了；1980 年代，适逢公出，在江苏东台拜见东海，望无边的滩涂，发问“这就是海吗”，随之自答“不过是大海歇息的庭院”；后来，去福建，去广东，去海南，朝拜了涌浪连天、涛声动地的南海，那丽日蓝天，树阔花红，海风椰林，令人销魂……这时，我已习诗，日积月累，印象幻化意象，就产生了诸多咏海的诗作，再后来，就出了一本《波光如银》，放声歌唱海的雄伟与瑰丽，海的梦想与力量，海的色彩与芬芳……

近日，重读这些散发着咸味鱼腥和阳光芬芳的诗句，不由得想起著名作家海明威的《老人与海》，于是，这颗念海的心又怦怦然了。

2021.6.6

★思念中的海

观海

海，博大而神秘。傍晚，暮色苍茫中，海边传来有节奏的喧响，——涨潮了！站在观海平台，远望涌浪在沙滩上翻卷，一排排，扑来又退去，退去又扑来，奋不顾身地将潮水推上岸边，推向近前，气势宏大，令人感奋。

每临海，我都会问人家，现在是涨潮，还是退潮；回答“涨潮”，我就会兴奋起来，等海水涨满，特别是海鸟旋舞、陡峭的岸边。如说“退潮”，谢过，再不肯流连……其实，涨潮退潮不过潮汐现象，而我偏感情用事，以为惟涨潮才显生命气象，这岂不可笑？

管它涨潮退潮，海的韵律不变；想到我的一首诗《韵律》：“到了大海，才知道什么叫作韵律；/ 涌来又退去，涛声如大地的呼吸。// 韵律美，且看诗经离骚唐诗宋词；/ 有碧水轻柔，产生节奏抚慰天地。// 波浪连着波浪，倾吐不尽的欢喜；/ 水光辉映天光，变幻人间的诗意。// 是的，再没有海韵这般让人痴迷；/ 起伏的和声，仿佛甜睡在摇篮里。”随你怎样分节（我是两行一节），就是这些紧张式长句了，摹写了我在涛声里的感动。

大海啊，今日又给我怎样的启示呢？

2021.7.19

空中草原行（上）

早听说有一处胜景，叫“空中草原”，在北京听说在河北，到保定听说在涞源，在蔚县听说就在此地；心向往之，却一直未能成行。空中草原，梦幻缭绕的地方，令人触发联想，又难以想象，无法描摹。

那年国庆假期，同朋友离京游走，本来是去涞源白石山，天不作美，雾霾沉重，于是驱车转而往张家口方向飘移，到蔚县已逃离雾霾。次日游古城时，听人说从这里出发，过飞狐峪，就是空中草原，大家一时兴奋不已，众口一词：下午就去空中草原！

飞狐峪，高山峡谷，去空中草原必经之地，当年侵华日军就是从这里去涞源，随后，我军取得黄土岭战役大捷，日寇阿部规秀毙命，所谓“名将之花凋落在太行山上”，就是发生在距离这里不算遥远的地方。这天，风和日丽，秋色宜人，进入峡谷，山石嶙峋，峰峦叠嶂，峡谷深处蓝天一线，“飞狐”彰显，更有白桦林丛含银吐金，从沟底铺向山巅，实属罕见……

于是，拍照的拍照，默想的默想，不觉流连时间久了；待车子爬上“空中草原”，已是日暮时分！一打听，今天是景区营业最后一天，再想来这里，明年见了。

这便如何是好？

2021.6.15

空中草原行（下）

到了景区大门，司机还在与人交涉，我已经迫不及待地端起相机，先行朝前跑去，暮色已起，光影难求啊。我随走随拍，天空，大地，近处三三两两牵着马匹的村姑，远处各式各样停泊的越野车，一一入镜。此刻，我在想，不错，脚下这块高地，的确坦荡如砥，但透过枯黄的衰草，怎么也想象不到绿草如茵、花香盈怀，与我想象中的草原，“空中草原”，显然无法联系起来。

朋友引来两匹马，牵马的村姑头巾把脸捂得严严的（大约防紫外线），司机陪我上马，缓行，我依然在拍落日，落日余晖中神话般的风车群；不觉来到高地的尽头，原来我们在百米断崖之上！暮色苍茫中，俯瞰远山连绵，我被眼前的景观震撼了。直到这一刻，我才省悟，果然是“空中草原”！

这时，虽然相机快门按下去，山色暗淡，人相模糊；虽然即便夏天，高地的草可能不会盈尺，但盛夏之时总还会如茵，并且有金莲花、蒲公英之类的花朵点缀其间……

“空中草原”看到了，天却黑透了。怎么办？下山已不可能，因为司机路不熟悉，还要重走飞狐峪。住下？客栈人满为患，不要说寒夜如何度过，就是晚餐都成问题，可把我们难住了。但是，请相信“天无绝人之路”“车到山前必有路”这些至理名言，虽然条件差，那晚我们还是如愿入住，次日平安返回。

★想象中的“空中草原”

“有惊无险”真是好境界。不过由此得出教训：出游这种事情，事先还是要谋划一番，比如从蔚县去“空中草原”，算算路程，扣除飞狐峪盘桓时间，理应早行，或提前预订住宿等事宜，不能心血来潮说走就走；明明次日就停止营业了，竟全然不知，“调查研究”哪里去了？是为戒。

朋友们，这大约是六七年前的事情了，今天那里的条件一定越来越好了。朋友们若去，还是夏天去，记着，高地天气冷得早，国庆假期景区就该收尾了。出发前一定要把信息搞准确，免得临事难堪。

2021.6.15

新月如眉

前文写到神农架，这些天思绪萦绕，想到当年在那里拾捡的诗句，仿佛有许多话待说……

比如这首《新月如眉》：

夜宿木鱼镇。小酌微醉，
举步蹒跚，望新月如眉。

淡淡花香，隐约清溪水，
幽谷足音，唤来犬声吠。

此身何处？繁华如隔世；
大山怀抱，轻歌伴我归。

神农架，莽莽苍苍，美丽，神奇，丰富。一个人走进去，似水一滴，若叶一片，消失在大山深处，融入美的画图，兴奋，又几分清寂。夜宿小镇而名之“木鱼”，不禁多发联想。与朋友小酌之后，听溪水流泉，望空中残月，依稀况味迷离，竟然境界全出，一时忘却都市繁华、回归纯朴自然，而有隔世之感，并非萌生“出世”之念，我的轻歌在歌咏生态之美，同时一叹人世间争名逐利之渺小与卑微。

诗味有无，另当别论，这一缕情思，终让人难以忘怀！

2021.6.16

三塔倒影

那年走云南，不是一个人，而是几十人的团队，逢暑期休假，带首都专家考察团走云南，主要在昆明、大理、丽江活动。我们悉心陪同的，有两院院士，有首都医疗单位专家，群贤毕至，均为老师，期间学到许多做人做学问的优秀品质和风范。

一路下来，十余天光景，拍了不少照片，也积累了不少诗句；最喜观崇圣三塔写下的《三塔倒影》，这里照录，以谢同好——

一湖春水，倒映唐宋风景，
苍山依旧雪如烟，三塔参差，
有落花飘零，可是杜鹃红？

大理三塔，我梦中的风铃，
今日一见，了却相思的幽情；
谁演天龙八部，雪山飞狐？

风和日丽，漫步崇圣古寺，
雨铜观音，引来香火的空冥；
祈国泰民安，皆寻常百姓。

据说金庸先生写《天龙八部》等侠义故事，有大理的背景，惭愧的是，金大侠的诸多小说，我竟然没有读过，诗中焊接的“天龙八部”“雪山飞狐”句，是别人告诉的，也不知确否？

2021.6.17

含笑

如许娇羞，你的名字
含笑，开放在山路边，
给旅人一个深情回眸。

彩云之南，物种丰富，
花花草草，这般奇妙，
怎消受这久远寂寥。

愿岁月如花香飘四时，
含笑看人生，化艰辛
为快乐，年年花枝俏。

这首小诗，也是从那次云南之行拾取的；花名“含笑”，第一次谋面，感到新奇而美好，组织文字作一平面描绘，寄托我对生活对人生的衷心祝愿。

联想不免简单：路边的“含笑”，花开花落，承高原艳阳，经边陲风雨，淡定而坦然；而漫漫人生路，不畏艰难，保持定力，往往就不那么容易了。为了推进新时代中国特色社会主义，让我们迎风浪、化艰险，勇往直前，生命不息、奋斗不止，笑得灿烂，笑到最后，彰显奋斗者的壮志和风范。

2021.6.18

神农香菊

已经不年轻时，我去过湖北神农架，后来又去过一次，留下了一本诗作《亲亲的山水》，其中 50 首写给神农架，另 50 首写七彩云南的。神农架部分，我有题记："不到神农架，不知物种的丰富；不到神农架，不知心灵的荒芜。"诗集是 2000 年出版的，至今我仍珍藏着那时对大山大水的亲近，那乐山乐水的情怀。

近日上网，发现"百度百科"有神农香菊（花）的介绍，说这香菊是举世稀缺的草木植物，郁香无比，细数其形态特征、生长环境、分布范围、主要价值（日化用功效），等等。随后有"文字描写"，却是我当年写的那首《神农香菊》：

都说是香自苦寒来，
今又见野菊冒雪开。

花发巍巍神农顶，
色呈金黄衬雪皑。

奇香只应天上有，
此花幽微融雾霭。

根植海拔 2000 米，
低处无痕空期待。

神农香菊钟灵秀，
志凌云者方可摘。

诗本平常，但这次居然以“文字描写”上产品介绍，为地方服务，幸甚幸甚，不胜光荣之至。

2021.6.12

游走玉渊潭

玉渊潭公园，名字很雅，雅了几十年了；其实，原来就是一汪水，游泳的野湖，人们叫它八一湖。至于玉渊潭的由来，其蕴含的文化元素，可深藏古老传奇故事？没考证过，不好胡说了。

因为这个公园离我家仅一箭之遥，所以我常常光顾；早些年，是沿昆玉河徒步前往，现在走不动了，则乘公交车去；以前几乎天天去，如今一个月走那么两三回，就算多的。十数年间，玉渊潭今非昔比，煌煌一个内涵丰富的大园林：每年四月的樱花节，更是无人不知无人不晓；湖的东部、东北部有新款园林，让人“肃然起敬”；石桥是早已翻新，宽阔而富丽，“器宇轩昂”，过桥，就是樱花区，逢盛花期人流如织，摩肩接踵，花之绯红若云霞缠绕，芬芳远播，令人流连忘返。与樱花同步的，有海棠上品，万紫千红，其间蜂飞蝶舞，如诗如画。樱花谢了，海棠谢了，等待夏荷登场；玉渊潭的荷花也是多姿多彩，北岸的，秀美如少女嬉戏，南岸的朴实若村妇，花颈粗壮，浓眉大眼，中间杂以叶肥花碎的睡莲点缀，花事倒也不甚寂寞。近年，公园南边洼地里栽植了大片塔样的鲁冰花，似有域外风情，为以往所少见。待花事渐稀，风景迷人处，就是不同群落的歌舞气象。这些，与其他公园、广场相类似，就不一一介绍了。

玉渊潭的好，数来数去，还是这一潭碧水！返璞归真，还是那个八一湖；如今公园均老年人的天下，玉渊潭这一类公园更是老人主事，比如，冬泳的老人队伍恣肆如家长，无人敢管（也许是一种体谅）；冬天过去了，春、夏、秋，他们依然不管不顾地下湖畅游，岸上喇叭在唤，劝他们顾及安全快快上岸，而手持喇叭的工作人员眼睛却往往投向别一方向……

湖中击水的老人，此刻您在回忆和寻找昨天的八一湖吗？

2021.6.26

沙原行走

没想到一向健步如飞的我，现在居然感叹“行路难”，就近散步，大热荒天，脚下无力，已经走不远了。

有经验的人说，老人 75 岁以后，断崖式地衰老，前些年我还不能想象，现在有体会了。于是，“我骄傲……”回忆以前的脚力（如阿 Q 所云先前“阔过”），想到 70 岁前后在鄂尔多斯与陕北靖边交界广袤沙原上游走的情境，想到那次结伴远行，俯瞰沟湾底部翡翠般结队的旱柳，陡峭的高坡上触发联想的“羊肠小道”，走啊走，正午骄阳下的沙土，烘烤着两脚，汗水在脸颊上、脖子上结碱……那时就一个信念，别样风景已经入镜，走出沟湾，走出沟湾！暮色里沙柳模糊，终于寻到大路上等候的车辆。

行走是一种能力，行走常伴意志的考验，昨天我曾走出沙原，走出大漠，今天仍然不能服软，仍然要勉力行走；如在岗者所说，“漫漫长路，惟有奋斗”。有先哲的精神光照，有领袖的思想指引，奋斗者心怀愿景，脚步永远不会停留。

2021.6.26

走陵川

今日小暑，暑热来了，开始“上蒸下煮”。于是，想到一个消夏避暑的绝好去处，那就是陵川。

陵川为晋城所辖，属于山西，但行走起来，恐怕离河南更近些，陵川与辉县比邻，若从北京去，乘高铁到新乡东，然后搭汽车走，可能比从太原到晋城，再乘汽车去，更便利些。

陵川之夏，气候宜人，常温20度左右，不是很惬意吗？而且不潮湿，夏季北戴河相对凉爽，有诱人的海滨浴场，那潮湿却难讨喜。

陵川有雄伟的南太行风光，崇山峻岭间自有英雄襟怀；王莽岭，著名红色歌曲《太行山上》，其歌词就诞生在这里；抗日烽火中，陵川培训了上千名号兵，他们从这里出发以悲壮的生命呐喊，扑向胜利，留下时代的强音；还有规模可观的兵工厂，记录多少传奇故事……来吧，青年朋友，来这里细数红色胜迹，助你生长志气、骨气、底气！而老年朋友在消夏时节，回望、咀嚼历史的同时，可以尽览奇绝的自然风光，有高山就有峡谷，在陵川你可以看到雄奇与温婉相统一的太行大峡谷，红豆杉大峡谷、凤凰欢乐谷，等等；峡谷中看山，可以见识何谓“铜墙铁壁”，何谓“壁立千仞”，何谓……

★壁立千仞

倘若你能住到秋季，还可以一览群山锦绣、层林尽染的壮美画卷。

陵川好，气候宜人、风景诱人只是入门向导，这里的文化底蕴，文艺作品，文艺演出都有可赞美的亮点，可学习的特色，那就需要住下来从容体会了。

2021.7.7

梦伊犁

看了易凯兄转的帖子“最是新疆看不够”，不觉心里痒痒的，想起多年前我的两次新疆行，想到这些年总念叨再去新疆，而至今仍未成行的遗憾。

不错，“西藏是一种病，不去治不好。新疆是一种瘾，去过戒不掉”。游走西藏，看来是难如愿了；而再走新疆，还盼有机会，不然，这“瘾”实难平复。

梦中的伊犁河谷，湍流北向，该载有我昨日的轻歌？那拉提草原，宽宽的草叶，仿佛蕴含蜜汁，马儿贪婪地啜饮，不肯抬头；拍照时，你可以体会到空气的透明与芬芳，随便走过，就会收到绝美的高山草原风景画。记得第一次去新疆，走的“兵团”路线，一台越野车在广袤的北疆大地颠簸行进（那时路况一般），途经蓝色的赛里木湖，有着童话般名字的果子沟，傍晚才到伊宁。那些日子，看了口岸，游了薰衣草园子，在民族服饰纷飞、洋溢着欢乐音乐的伊犁大桥边，品尝各种吃食……

那天，从那拉提回来，路过大片草地，陪我们的兵团战友说，是巩乃斯草原，其状若我去过的内蒙古锡林郭勒草原，那天我们喝了不少酒，那蛮给力的伊力特，不想走出草地，于是醉眼蒙眬中或仰卧或俯卧，拍了许多照片，直到暮色苍茫，才相扶着找车归去。

伊犁，风情万种的伊犁河，什么时候才能再相见？

2021.7.17

花间词

海边无巉岩，院中多秀松。早起散步，见海水退去，远处船归（大约是浴场护网的），天热不可久留，于是回到院里看花，——这些天，见草木葳蕤，把甬路挤窄，不愿近前，现在有暇，正可一探。还好，这墙里花园一如往年，杂花生树，叶肥花瘦，色彩与姿态依然烂漫的可以。于今，久不作诗，花间徜徉，心中该注入诗意了罢。

多么好，生活！不要说明天和意外不知哪个先到，意外毕竟小概率，微乎其微，今晚有橘色海上明月，而如海水洗过那鲜亮的太阳明天照样会升起！年轻，就去奋斗，创造；老了，也无须气馁，老有所养，也可老有所为，力所能及地做些事，可以锐智前瞻，也可以给儿孙讲讲过去的事情……

人间多美好。事物是发展变化的。相信青出于蓝胜于蓝，一代胜过一代，中华民族伟大复兴的大潮终究是不可阻挡的。莫道前路多风雨，我们的事业充满希望，我们的生活会越来越美好！

2021.7.25

松之歌

前文有“院中多秀松”句，实为对这里多秀美松树的礼赞；为了烘托，还对以“海边无（少）巉岩”，海滨浴场哪里会有什么巉岩？足见舞文弄墨之人的无聊。

然院中的确多松，见过北方海滨的松树，没见过这么多，这么秀美多姿的松林，——是了，当初应该是一片松林，其错落有致，任风吹雨打，抑或烈日灼烧，彼此守望，自由生长。后来选址建院，尽量不损树木，而成就如今的风景。写到这里，觉得有些含混，出门到院中观察，发现不对了，树虽年代久远，这松树依然成行成队，显然是计划栽植，并无野痕；而且松之外还有柏、榆、杉等，说明我的描述不过联想而已，不足为据。

大热天的，不考察了。我在内心里为自己解嘲。那么，是这松适合此地水土，还是当年建设者对松怀有偏爱呢？也不考了，大暑天气，即使海滨正午时分也催人流汗呢。

无论如何，这海滨大院里的郁郁苍松，会唱歌的松林，值得赞美。让我们为那火热年代的建设者致敬！

2021.7.25

★巍巍山上松

别了，海

北戴河的诱惑，尽在这蓝色的海湾，以及海的眠床——柔软的沙滩，沉醉的晚风。离去的日子临近了，让我道一声：“别了，海！别了，你这蓝色的梦！”

海，每天大都相同，涨潮，退潮，波涛汹涌，波涛汹涌，节奏，韵律；实际又不同，如同一棵树上没有完全一样的叶子，同一条河没有完全一样的流水；海，朝晖夕阴，景色自然不同，就是一样的傍晚，日落月生，云卷云舒，景观与观景人的心境也会千差万别。我想说，这些日子，看海、感受海、抒写海，虽心海平平，潜意识里却不免溅起微澜，或回首往事，或感念时事，灵魂羽化而动，与风同行、与云共舞……

如今，不可想象一个人一生没有见过大海，没有在咸涩的海水中蘸过脚，没有在第一次拥抱大海时忘情地呼喊“大海，我爱你……”因而，我愿天下人，特别是山里人，都有条件一观沧海，从此人生路上，激荡家国情怀，勇于排山倒海。海给人以力量，也给人以智慧，心中有海，就可以如诗人海子所说，面朝大海，春暖花开，去做一个幸福的人……

别了，海！我的鞋子里难免存了几粒沙，衣服的皱褶里难免沾了几滴咸涩，这样，无论走多远，都会记取你的面容，你的味道，你的激励，你赋予的海阔天空的联想！

2021.7.26

归来

海滨休假归来，生活的时钟又恢复到往常，感到还是习惯北京的起居，湿去爽来，恰雨过天晴，享受这岁月静好。

然吃了葡萄，就不能说葡萄酸（倘吃不到葡萄，说葡萄酸，还可以理解），人生能有几日闲？北戴河，消夏十日足矣。这些日子，其实也没有完全闲下来，至少看了一摞词典（大百科出版社）清样，手机上扣（写）了十余篇微文。间或院中遇到智者高人，或往日相识，攀谈几句，脑子转了几转，也是功课。耄耋之年，暑季伏天，这些劳作大约也可以了。

所谓一方水土养一方人，北戴河气温虽然比北京低几度，但那“湿”，我不甚习惯，动则一身汗，衣服洗了又不干，是我体内的“湿热”（中医医嘱）与此相克也说不定，总之好“难活”呢。

话又说回来，大海真好！我天天看海（也督促自己多走几步路），朝晖夕阴，晴雨转换，水色天光，涌浪沙滩，这多诱惑！看不够的海天一色，云卷云舒，鸥鸟逐浪，近前的诗情画意，辽远的奇思妙想，以这情怀怎生归去？

2021.7.30

旷野的树

在北方，外出旅行，或晴或雨，汽车行进在广袤的大地上，间或会看到田野里独立支撑的树，一柱（也许比“一棵”更能表达这感觉），或几柱，这时我心中就会产生一种异样的感觉，庄严，肃穆，感动，敬慕……年轻人喜欢说的所谓“代入感”“仪式感”，还有什么什么感，总之，每每不能平静，思绪飞得很远很远。

我喜欢旷野的树！我想与他或他们对话，表达我一己的感动与想望。四季轮回，大地绿了又黄，黄了又绿，任雨雪冰霜，雷电来袭，你独立支撑，顶天立地，默默地忍受着孤独与寂寞，依稀守望着别人的安宁与幸福，或许只为了证明一个热烈生命的存在，那该只有你自己知道。有时，这树不止一柱，二三棵，三五棵，风吹来，摇曳的枝叶发出声响，该是勇士的交流与歌唱罢。此刻，我忽然想到，他或他们，多少有点像灾难中昭示坚强和信心的风旗，无言，但充满力量，张扬前进的勇气和胜利的瞩望！

旷野的树，繁荣的大地难以看到，或不为人们所注意，而秋收后的田野清寂，或欢乐后的心灵荒芜，最该出现的就是他的形象，独立支撑，无私无畏，勇于担当，旗语鲜亮，昭示胜利与希望。

2021.8.5

冬枣

冬枣，当然是黄骅的好，冬枣是那里的地理标志产品。河北沧州的黄骅，是以一位革命烈士的名字命名的城市，这位先烈原名黄金山，学名黄为有，1929 年入党，为红军老战士，经历过长征，后为八路军中高级将领，1943 年 6 月牺牲，随后他牺牲的县，被命名为黄骅县，于今已是远近闻名的文化旅游景区。这里的冬枣从来驰名天下，现在就更加引人注目了。

冬枣好吃，通体光洁、泛红，酥脆核小，果肉细嫩；不仅果品上好，其树亦刚柔相济，多姿多彩，发人联想。沧州是武术、杂技之乡，那里的朋友对人侠肝义胆，注释了燕赵多慷慨悲歌之士的古风。偶尔去沧州会友，总要到黄骅一走；因冬枣晚熟，又难保鲜，不一定每次都能吃到枣子，但秀美的冬枣树，一株，或数株，都是绝佳风景，为我深爱。由于无心寻觅，至今没有看到成片的枣园。

北方多种枣，在山西，在陕北，夏去秋来，大红枣挂满枝头，深秋时节，打下枣子，用线串起，挂在窗前、墙上，也是一抹民俗景色。至于新疆和田、阿克苏的枣，更是硕大无朋，近年来蜚声海内外。尽管如此，我更喜欢这晚熟而难储存的冬枣，该不是因这里的朋友可交，而爱屋及乌罢。

2021.8.21

惆怅

五环线上的北京会议中心绿地，那些年常去此地开会，每次去都乐颠颠的，多半因为那里有宽阔无比的草坪，早晚可以散步其间，可以随意拍照，空气清新，光影可人，真乃人间乐园也。

然而，天下没有不变的事物，不知几时，草坪为一个别墅式建筑群落所挤占，余下的面积已看不到往日绿野盛大风景，天上的云朵仿佛也难得光顾（我的感觉也许并不可靠），期间，我虽去了几次，已感受不到当年的况味。北京，五环内这片绿地，就这样香消玉殒，让我好不伤感！

2020.12.21

山水之“险”

朋友发来 M 山的视频，介绍凿建于悬崖绝壁上的天桥景观，一个字：“险”！说这里是 5A 级景区，该不是因为这险罢。

游历名山大川，古来多文人墨客，当然也有徐霞客般的旅行者，于今旅游事业发达，逢节假日，亿万游人亲近山水，实为娱乐人生、提升大众素质的大好事。揽山水之美，可以提高人们的审美情趣，享山水之乐，可以增进人们健康水平，而山水之险呢，当然可以有，为人们带来惊奇，惊喜，开阔眼界，激发想象，诸如此类的种种益处。李白观庐山瀑布奇景，“飞流直下三千尺，疑是银河落九天”。那是“遥望”。这“险”贵在天然，可以近观，也不妨远望。而如 M 山这般人造天险，又诱人攀登历险，就不那么厚道了，倘出人身事故，该如何交代？与 M 山天桥相类似的，放眼四海，何其多也。南方一些名山的惊险栈道，许许多多山水景点追求的玻璃栈道、玻璃平台……

险境，可以有，不一定去亲历；险景，崇尚天然，不宜刻意人造，特别是那些资金有限，又没有维修保证的地方。

说到底，自然之美最可人，矫揉造作令人讨嫌；而明明一般山水，寻常文章，却偏要故作惊人之笔，何苦呢？

2021.8.30

★山涧流瀑

冬日，想起海南

冬日，又一次想起海南，那海风椰林，涌浪沙滩，那色彩斑斓的热带风物，那大红大绿的恣意渲染……

冬日飞海南，想想，大多是为猫冬，揖别北国，躲避严寒；有的习惯成自然，候鸟生活，其乐无穷；还有呢，就是那里有房产，不去看看心里不踏实……

无论如何，冬日海南是人们向往的地方，此刻在海边漫步的人儿，有福了。

据说，除了海南，又添加了广西北海、云南西双版纳，这两处是北方人的新宠，趋之若鹜啊，趋之若鹜。该是人民追求美好生活题中应有之义吧？

我呢，也向往，惟年老体衰，说起千万里飘移，不免视之为畏途。心情不大宁静的寂寞的2020，即将过去，遥望南天，祝猫冬的朋友们吉祥如意，新年快乐！

2020.12.24

还要说海南

人们没有留意这个妹子从眼前走过，在裸露的三亚，她裹得这么严实，与周围环境却没有什么不协调；她挑着芒果担子缓缓前行，仿佛没有兜售水果的意思，也没有欣赏风景的意思……在这里，是时尚与古朴同在吗？

我爱南中国，我向往海南的海天一色，鸥鸟纷飞，欢声笑语。到海南，可以穿花衣服，戴宽檐帽，吃海鲜一直吃到退避三舍，“望而生畏”……

自然，最快乐的事情，也许是一个人撑起花伞，无拘无束满世界游走，一会儿雨来了，往往来也急、去也急，隐约有芬芳的气（不是气流，也不是雾气）笼罩着我，哦，三亚的雨，让我如何将你形容？

若问，来海南，你最喜欢什么？穿花衣裳。毋庸置疑，毋庸置疑。

2020.12.24

第三辑

岁月走过

走过

有一首诗，叫《走过草原》："走过草原，就会留下梦寐；/ 走过草原，就会变成花蕾。// 这梦寐，是酒歌伴你终身；/ 这花蕾，是奶香使你高贵。// 走过草原，就会纯洁灵魂；/ 走过草原，就会亲近马背。// 灵魂如风，在草地上萦回；/ 马背如山，向往风云际会。// 草原啊，你的每一片草叶，/ 都有我的呼吸，我的明媚。"不错，这是我写的诗，也是我最喜欢的一首诗，产生在锡林郭勒草原，收入我的诗集《抚摸草原》。这本诗集曾送陈晓光（著名词作家，歌曲《在希望的田野上》词作者，后来荣升文化部副部长）指正，他挺欣赏的，说其中许多诗可以找人谱曲传唱。记得他还问我是否认识蒙古族作曲家？以我的无所用心，自然也就说哪儿到哪儿了啦。

走过草原如此感动，走过漫漫人生路，又该有多少感慨呢？事情往往这样，主题过于宏大，就难以表现了；史诗，长篇小说，或可尝试，不过那已经不是我所能驾驭的了。

自然，朋友们懂我的意思，大约是想说，人生阅历是一笔财富，不应所得而私，趁至暗时刻到来之前，还是要总结总结，交流交流。言之有理，但一己的感悟或曰经验，毕竟有限，且难免偏狭，记录下来，不知价值几何。

以我的感悟，年轻人在路上，经常自我总结，经常"过电

★走过草原

影”、悟思想，大有益处，这样，可以保持清醒，及时修正，祈行稳致远。

人来到世间，走过艰难，走过荣光，走过美好，走过百味人生的万水千山，而平凡的感动最可贵，体会了，就是幸福，就是圆满！

2021.7.21

遥忆

今日忽然想起小学同学，想起当年一起踢足球的几个黏在一块的好朋友。姓名已说不全了，仿佛一个姓高，年龄略大些，一个叫潘宏声，一个是朝鲜族，姓与名均想不起来了。大约小学四五年级，每天放学即奔操场，有时踢球踢到天黑。高同学懂足球，体魄也好，朝鲜族同学天性就迷足球，耐力与技巧都不错，而潘同学更喜游泳，被我们裹挟着，也在足球场上撒欢。不记得是否因踢球而与人打架，但也不是天天太平，家人担心孩子终日不着家，慢慢开始阻止，后来也就散了。但那段“体育”经历和少小的纯真友谊，虽为岁月烟尘掩盖，内心深处依然没有泯灭；高同学早早地参加工作了，朝鲜族同学不知去向，惟潘同学很长时间与我保持着联系，他后来被选送省水球队，参加几届全运会，退役安置到大伙房水库工作，渐渐地，也失去联系了。

人生真的很有意思，我这样一个对体育几乎没有兴趣的人，少年时居然还迷恋过足球，奔跑于足球场（那时，场上没有绿茵），一如我五音不全，初中时还参加过市少年宫合唱团，向往登台时有一件斜开领的绣花乌克兰衬衫。人生多变，世事沧桑。珍惜人世间美好岁月，美好事物，其中就应该有美好的少年友谊。我的足球伙伴，你们现在哪里，过得还好吗？

2021.8.4

小城记忆

每次从电视上看年代剧，五六十年代的，往往会勾起我温暖的回忆；鞍山，那座建设中的城市，如霞光初现，我生命的早晨温馨而梦幻……

那时刚刚上初中，“大跃进”的浪潮已起，我们到鞍钢厂里，土洋并举，与工人们一起搞小高炉炼钢，把四处搜集来的废铁投入炉中冶炼，关键工序是钢水流尽，用黄泥封堵出钢口，那会儿多少有些“险”呢。记得参加了个把星期劳动，获得一张“炼钢小能手”奖状。

相得益彰的，是跑运输，一帮同学用卡车拖斗拉煤，支援土法炼焦（炭），为“钢铁元帅”升帐出力。同学少年，燃烧浪漫，学校举办赛诗会，我还写了首诗“驾辕数老张，个儿高腿又长……”那年代，搞工业建设，全民动员，热火朝天，于今思想起来，仿佛心中尚有余温。自然，不讲科学，不尊重客观规律的苦头，后来我们也逐渐品尝到了。

小城的底色是庄重的，也有别样的浪漫。时光再提前些，伴着读《红楼梦》、仿林黛玉的风雅，街上会看到女孩子一袭白衣，手提敞口的编织篮里，放一本小说、一个玻璃药瓶，在雨后晴阳的林荫道上漫步。广场灯柱下，风华少年支着画板，在做水彩写生……

啊，我的小城，岁月的烟尘浓重，少年的记忆不再！

2021.6.9

寄读

1961年冬天，我上高二，因父亲奉调去酒泉钢铁公司，举家迁徙，乘火车奔大西北，在兰州暂短停留。记得住进回旋路饭店，知道这里秤的计量，一斤为16两，觉得新奇。

父亲上街回来，跟我说：孩子，你不要随家人去酒泉了，那里没有大学可上，留下来就读吧。原来父亲出门是去了兰州大学附中，联系我就读事宜，说是校长表示理解，同意转入该校。我呢，一切听家里安排，扛着行李，告别家人，在完全陌生的地方开始新的求学生活。从考大学的角度，兰大附中应该是好学校，不过那时中学的三六九等，好像还没有那么分明。高中部全部住校，一人一床、一盆（洗脸洗脚与起夜均由此物解决），一室十余人；据说校长是转业军人出身，起居等日常管理相当严格。记得，早上5点多，校长即亲自敲门，伴以喊叫，逐室驱赶同学们抓紧洗漱、到操场跑步。半小时后上早自习，然后才是吃早餐，——十六两秤二两馒头，一大碗掺杂蔬菜的玉米面糊糊。饭后稍事休息，就上正课了。正逢自然灾害饥馑时期，饿肚子的感觉至今难忘。一次参加劳动，与几个同学去远处拉粮食，趁装车办手续的空隙，同学们一起哄，钻进藏有果酱缸的库房，直接动手抓食果酱，也顾不得品尝其味。归来路上，我们拉着堆满粮食口袋的架子车，又唱又叫，为神秘的行为所燃烧着。

因为落不下户口，兰大附中不能留我，只好带着原来的户口、粮油关系等，重返故乡鞍山。行前，学生党支部研究决定，借我几十斤粮票，又从食堂拿来半口袋馒头，千里之行，千叮咛万嘱咐，送我到火车上。所谓“少年不识愁滋味”，感动于同学们的情谊，却没有多少话语。回到原来学校户口又难落下，以致许久才解决问题，赶紧将粮票寄还给兰大附中班级党支部。

那样的年代，那样的学校，那样的往返，三个多月的时光，随着时间推移，印痕模糊了，但春风秋雨可以唤醒，因为困难时期的人间友爱与善举是多么宝贵，浓浓的同学情谊终不会泯灭。

2021.8.24

高考断想

一年一度的全国大考开始了。孩子们在经受考验，学力、毅力，身体素质与心理素质种种测试，太不容易了，这里，只能隔墙祈他们好运。每年这时候，一个热门话题，就是语文试卷的作文题。说句实话，我一看到那些作文题，就心里发怵，怎么做呢？自然，一代胜过一代，孩子们会做，不仅智商比我们高（至少营养使然），而且老师们不知给他们做了多少铺垫，多少预测，多少模拟。

不说他们了。隔代如隔山。此刻，想到当年自己遭遇的高考作文。那是 1962 年，新闻里说，据权威人士获悉，台湾蒋介石反动派叫嚣反攻大陆。一时不免有些空气紧张。进考场，语文试卷，作文题目二选一：一是《说不怕鬼》，说明文；一是《雨后》，记叙文。应该说，题目明明白白，符合当时我们的智商；为稳妥起见，我选了《说不怕鬼》。那时，何其芳同志编了一本《不怕鬼的故事》，我们自然读过了。儿时听过鬼的故事，长大知道世上本没有鬼；这鬼可以说就是自然灾害带来的困难，就是帝修反的封锁破坏制造的困难，等等。中国人自古以来就不怕鬼，不怕困难，有自立于世界民族之林的自信与伟力。有党和毛主席的正确领导，我们可以驱鬼降妖，战胜眼前暂时的困难，争取胜利。这样，文章就八九不离十了。

出了考场，同学们几多自信几多愁，S 同学慌里慌张，明明

《雨后》，他却大写风雨欲来，打谷场上抢收稻谷的一场战斗。于是，“雨后”变为“雨前”，完全跑题了，不知会给几多分儿？

这已是近60年前的事情了，此刻当年的情景仍历历在目，可见高考对一个人，对一个人的人生，刻下多么深的痕迹。

2021.6.7

校园杂忆（上）

近来回忆往事，我常提到人民大学，而人民大学仿佛早把我忘记，证明之一，就是几十年来几乎每次校庆都没人通知我（不知哪个环节出问题了），事后知道了，不免有些莫名的感伤。

我是1962年考取中国人民大学，就读历史系中共党史专业（后改为中共党史系），那时是五年制，应该1967年毕业，因为“文革”，捱到1968年分配，到内蒙古一家工厂劳动锻炼。上世纪60年代的大学生活还是让人怀念的，它底色明亮，革命，本色，朴素；人们以学校可以上溯到陕北公学为骄傲，以有革命前辈吴玉章为校长而自豪。所谓四大理论系，咱所在的系也占有一席，没说的，珍惜时光，好好学习……

说朴素，首先是校园环境朴实无华，没有亭台楼阁，也没有水木清华，教学楼与办公楼合一（后来建了个“大教室”，可以集会演讲），图书馆，文化广场，邮局，此外不记得还有什么可以提及的建筑了。有个人工湖，四围植有杨柳，在校园的西北部，我们住在五处（平房）时，可以取其幽静背单词，或开展谈心活动。再有，就是空旷的场地，树木不少，种类不免单一，松树年代久远，余下的有木槿、珍珠梅这类长不高的开花之树，似乎还可以提一提。若说绿影婆娑中书声朗朗，不是夸张。体育运动，自然也是四季活跃，主要在宽阔的南操场。都说环境决定性格，人民大学赋予了我们怎样的性格与情感呢？

2021.1.20

校园杂忆（中）

尽管校风朴素，校园生活依旧是多彩的。不用说，基础课各科老师都是一流的，授业解惑，风格各异，却一般园丁形象，诲人不倦，语重心长。我们则志在报国，求知若渴，饶有兴味。

当年最有意思的物件，大约就是“小马扎”了。五处虽是平房，窗下也有遮雨长廊，阳光可以照射进来。自习时，我们喜欢坐在马扎上读书，有时捧着《资本论》，看着看着就瞌睡了。然经典著作学习，不敢不努力。马扎的功能多样，同学相互谈心，文化广场看露天电影，都有马扎相助。

钻图书馆进阅览室，每天需要排队占座儿，那是无声的世界，复习功课，正襟危坐；不过，与今天院校一样，也有悄悄留纸条，表达火热情愫的……

读书与实践相结合，那时没有军训一说，但入学不久或秋季开学，即操练正步走，准备参加一年一度在天安门前举行的盛大国庆游行。二年级，到南郊大兴红星公社参加夏收，割麦子。三年级，又参加“四清”运动……这一切对正确世界观、人生观的形成，对个人克服困难坚韧性格与联系群众质朴情感的生成，起到良好影响。自然，诸如“清理思想”等“左”的做法，不可避免地造成一些负面的东西，也需要总结教训。

青春是美好的。于朴实无华的环境中展示青春的美丽与富有，迈出平稳而致远的步履，该是一茬又一茬人大校友给予母校的最大的欣慰吧。

2021.1.20

校园杂忆（下）

校园生活，最忆是老师，时间愈久，对师恩感受愈深。中国古代史，孙家骧老师授课，板书工整："郑多盗""鲁多盗"……俄语老师边走边讲，来到你面前："我们出去散散步好吗？请回答。"那情景，至今令人难忘。还有，王方名老师最后一课，他不无认真地说："同学们，课到这里就结束了。我知道，你们离开学校后，也就把我讲的都还给我了。逻辑学，关键在运用……"谆谆教诲，音犹在耳。

无边的感动还在后面。毕业离校八九年了，我在塞外包头，听说可以考研，于是给老师们写信求援。向王琪老师、唐曼珍老师、姜华宣老师等，询问考研信息，请教党史问题，今天想起来，自己都觉得烦扰，而他们比我们在校时还热心，书信往来每次都厚厚一沓，今天重读依然感动如昨。1978 年人大党史没招研究生，转而报考中国社科院研究生院，初试合格，进京复试，姜华宣老师一家人为我忙活，解决食宿，寻找备考资料……

师恩难忘，师恩难报！这就是当年人民大学老师的崇高风范，无私的仁爱！

2021.1.20

那静谧的蝉鸣

夏日蝉鸣，怎么会与静谧联系起来？联想就是这般奇妙，那单调的喧响，在空旷的校园里平静地流动，不见微澜，恰是静谧的图画。

这是 1962 年夏秋之交，我走进人民大学校园的第一印象，即所谓“初见”，至今仍萦绕于我的脑海里。这两天，关于人民大学校园，我已写了几篇文字，今晨忽然觉得，印象最强烈的竟忘记点染了，就是这经久不息的蝉声。

大约不是蝉，而是一种比蝉个儿大、叫得更响的昆虫，“叽了”，不知现在人大校园里是否还能听到它响彻四方单调而枯燥的歌唱？

蝉鸣中的午休，是大学校园的一道风景。那种别样的幽静，很难形容，而我那些年却很少睡午觉，大半是嫌午休时间太长，有点浪费光阴。于是，读小说，写笔记，无形中挥霍多余的精力。拒绝午休，几十年已成习惯，直到这几年衰老的步子加快，每到中午头脑发沉，不能不睡，而且仿佛是对已往的报复，这一睡就二三个小时，自己都有些害怕。

校园的蝉鸣，配以甬路旁盛开的木槿花，图书馆窗下含笑的珍珠梅，哦，我的大学，平凡的日子，平凡的感动，飘荡着青春的画外音……

2021.1.21

想起山西（上）

许多年没有去山西了（前年从河南辉县“跨界”，在美丽的陵川县盘桓几日，甚至到晋城走了一天，均不算），我记忆中的山西，是灵丘，是定襄，是五台，是临汾……那里曾留下我青春的步履，是我认识农村，认识社会，认识“运动”，认识农民群众并与他们交朋友、相融合的摇篮。

1964 年秋，在人民大学，参加“四清”工作队赴山西定襄集训，然后下到五台县阳白公社阳白大队一个小队，住老乡家，吃派饭，参加劳动，晚上开会搞“运动”……好在我们不过是 20 多岁的青年学生，跟着走，不负许多责任，但惩罚还是要接受的，——后期，为了动员干部，请他们出来再当队长、会计，每天早上给三四家干部家挑水，要缸缸灌满；当地缺水，井深几十米，严冬季节，井口冰层隆起，然而我们正年轻，不怕困难，觉得只有这样做才能取得干部的谅解。当我们即将离开村子返校时，队长、会计与村民一起送到村口，老会计眼含泪水拉着我们的手不放，“娃不容易哩，再来山西别忘了来看我们啊……”后来，我真的又来过两次：一次，“文革”初期徒步长征去延安，翻过五台山北台顶到村里看望乡亲，走时老乡给我们每人脖子上挂一串大红枣；另外一次是参加工作后，到山西出差，绕道回村，拜访老书记，看望老房东，以及那些已经胡子拉碴的当年的年轻人，土炕上聊天，一个一个递纸烟，烟雾缭绕中话当年……

2021.1.17

想起山西（中）

年轻真好。在阳白大队搞“四清”的时候，我刚20多岁，听说东冶镇（分团驻地）晚上放电影，我们兴高采烈前往，一双脚连跑带颠，往返几十公里，还要走夜路，竟不知累为何物。

五台话独具特色，旧时有句话，“能说五台话，就把洋刀挎”，那是阎锡山时代。下地干活，叫“受苦”“受各嘞”（干活去）。去，叫“坷”，“哪里坷来来”（到哪里去）。我，称“门”，“门不坷”（我不去）。都是北方话，再不好懂，过些日子也就通了。那里的农活，好像种类不多，我们去时地里庄稼都收过了，“地净场光”；早春时节，生产队安排我们伺弄梨树，人手一铲，爬到树上刮树干、树枝（大多是副干），这样做一来可以除虫害，二来可以让树反浆，保持活力，——坡上、崖口这些梨树年代久远，据说还有唐朝留下来的“遗老”，不知是否有人考证过。午餐虽简单但有趣，到了干活地点，先将老乡给带上的玉米饼子埋在柴草坑里，点燃，用土掩埋，干完活儿，扒出来，拍打一番，就可以吃了。不记得是否带水了，反正大半天活计，加上返程时间，也就天黑了。大家一路唱着“打靶归来”歌，嘻嘻哈哈回村。

村里宣传工作，搞得火热，与村团支部一起办黑板报、组织团员青年唱革命歌曲。记得为了移风易俗，还组织女青年到田间赶牲口学耙地（民俗不允许），开始有人说怪话，后来大家都以为是好事情了。

现在思将起来，当年在农村这个大课堂读无字书，其乐无穷，终身受益，边远山区乡亲们的勤劳，善良，智慧，纯朴，他们的音容笑貌，至今萦绕我心，挥之不去……

2021.1.18

想起山西（下）

时光飞逝，不觉到了1980年代后期，我已在中组部研究室供职，又有了去山西的机缘。当时干部工作中，出现了所谓“五十打蔫”的现象，为了探讨破解这个问题的办法，山西临汾组织部门召开研讨会，我呢，奉派前去参会。

会议在临汾的大宁县召开，内地小县条件有限，记得我刚进县招待所，走廊里迎面鱼贯而过几位山西汉子，一人提两个特大号水壶，一打听，原来这里没有管道供热水浴室，工勤人员为客人送洗浴热水来了。经过临汾组织部的精心筹备，这个山沟里的研讨会开得很成功。我当然受益良多，倾听，归纳分析，提炼精髓，发表了一篇学习讲话，回到北京，将讲话稿交上，得到处、室领导的肯定，仿佛还有所表扬。这些不说了。

单说归来的见闻，因为大家（有省里来的）高兴，在隰县看了历史名胜小西天，现在已回忆不起来那景观、文化，吃午饭时上了点酒，气氛活跃起来，以至分手时人们动了感情，一时难分难舍……

归途依旧是山路十八弯，司机兄弟因为也喝了酒，说话滔滔不绝，自言当兵去过大西南，这点山路不算什么。他把车窗玻璃摇下，不时回头与我打招呼，惊得我一再劝阻“前面拐弯了，您看着点路……”“没事，这算不了什么，算不了什么……”那时好像还没有酒驾的规定，或者说要求还不够严格，又是在基层；所幸，我们一路平安到达临汾。这段经历，过去多少年了，总难忘记。

2021.1.18

近似乡愁

年岁大了，一个人闲下来，枯坐发呆，不免胡思乱想。其内容，说的文一点，如《文心雕龙》所谓“思接千载”，“视通万里”，有铁马冰河，也有风花雪月，还可能沾染魔幻色彩；而说白了，就是陈芝麻烂谷子，那些还没有为岁月荡尽的凡人往事。在我，近来常常忆起年轻时在草原边缘的那座城市，那座钢铁交响、人流涌动的兵工厂，忆起那些与我朝夕相伴、可亲可敬的工友师傅。这也是一种乡愁呢。

1968 年 8 月，我大学毕业，由北京分配到内蒙古包头，下厂劳动。不想，这一去就是 10 年，期间多少故事可以细数……

2020.12.25

时间的故事

时间，时间的考量，时间的约束力，对于退休老人，已不那么重要了。然而当年的我，刚刚出校门进厂门，接受工人阶级再教育的我，时间观念非同寻常。我在车间拜师学热处理工艺操作，检测和调整加热炉温度，配合天车装卸工件，调试水温、油温，操作大工件淬火，等等。工作实行三班倒，班组集体交接。而我们单身宿舍，离厂区有一段路程。这样，守时，不误按时上班就是一件特别重要的事情。

日班还好，工友们相邀出门，说说笑笑就去了。难的是倒三班，夜里 11 点 30 分接班，刚进厂时买不起表，夜里怕误了时间，不知如何是好。有时，宿舍里工友没睡，可以问询；待大家都睡了，只能扒别人的腕上手表看看时间，一次两次可以，日子久了怎么好意思打扰？于是，夜里不敢熟睡，只好估摸时间的早晚。记得一个冬夜，我睡得迷迷糊糊，忽然惊醒，以为时间晚了，赶快披挂出门，迎着风雪朝厂区狂奔，谁知到工厂门岗扫了一眼，才 9 点多，一时不禁漾出苦笑。既然来了，只好进车间，与当班的工友闲坐，等他们下班后我们接班。

这种日子一直持续到我有余钱买了马蹄表才结束。因为有这段经历，我对时间格外敏感，守时成为我的处世习惯，纪律观念在大工业生产中，在与工友集体劳作的磨合中逐渐养成。写到这里，真想知道当年同宿舍的工友们现在何方，你们还好吗？

2020.12.26

车间师傅

我的师傅姓卫，江苏籍，中专文化，来自上海，人正派而善良，技术高超而谦和，他既是班组长，又是带我学艺的师傅，对我这个徒弟十分呵护。平时他说的最多的是，好好学技术，把活儿干好，别跟他们瞎扯。其实，论年龄，他当年比我大不了许多，但师傅的样子还是蛮像的。他也说过，师傅教你抽烟，以后你好供师傅烟抽；不久，我在学技术的同时，也学会了吸烟，不过他几乎从来没有抽过我的烟。记得那年我回东北老家结婚，他把我叫到身边，从手腕上撸下上海牌手表，说结婚是大事，一辈子就一次，把表带上，总要体面些嘛。接过手表，我不觉掉下眼泪……

师傅，在工厂，在车间，那是一个让人肃然起敬的称谓，就是在那样的年代，我们依然满怀尊敬和挚爱围绕着他们，因为师傅是我们的导师和最亲近的人。

2020.12.26

还有一位师傅

还有一位Z师傅，也是中专毕业，技术不错，言谈举止颇“知识分子化”，其他师傅经常开他的玩笑，学他的温柔腔，甚至临下班，把他放倒，扒衣服，用毛笔蘸着墨汁在他身上乱划一番，说是回去给嫂子看，就这样他也不恼。而与我谈论的，多是文学名著和名人轶事，我也不时向他请教技术问题，诸如金属工艺学之类，他自然是诲人不倦。虽然我偶尔也附和师傅们与他说笑，但内心对他还是挺佩服的：不仅有技术，还有好性格。争论问题（多生活百科）时，他有杀手锏，就是“你吃过枇杷吗？”这对于北方工友尤其具有杀伤力，在那物质匮乏的年代，谁也不知道枇杷为何物，于是甘拜下风。而Z师傅则洋洋得意，“没见过吧，没听说过吧？枇杷，好吃得很呢。”我知道，这位湖南师傅又想念家乡了。

2020.12.26

那年代的吃喝穿戴

上世纪六七十年代物质生活的困顿境况，至今记忆犹新。

进厂后，两套工作服，四季穿着，蓝色劳动布缝制，质地不错，仿佛今天的牛仔，属劳动保护品，免费发放。记得，刚去那年冬天，还发了件白茬皮坎肩，没领没袖，没里没面，也没纽扣，套在身上，从电工班讨一截电线，往腰间一匝，再配个老羊皮帽子，迎面走来，颇为豪放，一如大庆油田的好汉。

吃的也还好，一个铝制饭盒夹在腋下，往返于车间或宿舍与厂区之间，平时虽粗茶（其实无茶）淡饭，但我们是热加工车间工人，有保健补充，菜谱上有肉有蛋，只是价格关系，你要算计了，免得后半月跟工友借饭票度日。无论如何，在市民每月四两油，四两肉，每户半斤鸡蛋供应标准情况下，吃工厂食堂的单身工人还是蛮惬意的。成家以后生活立马变化，如孩子送托儿所，把副食供应转出去，三口之家每月只有八两肉、八两油可以受用，其窘迫与难堪非今日青年可想象。

2020.12.27

居家过日子

那年月，居家过日子，只要起伙，就要垒灶，就要买煤买柴；煤还好说，雇车拉它一吨，过筛子，煤块煤粉分开，而煤粉要变成煤坯，则需要黏土，可怜塞外包头沙土遍地而黏土稀缺，于是四处寻找，好不容易找到了，多为过度开采，人要下到坑里，几乎钻洞一般才能挖来。这件事情，靠一己之力甚是不可，须倒班休息时请工友们帮助才可以如愿。接下来，就是按比例将煤粉、黏土和起来，加水搅拌，再用模框做坯，晒干，搬运。更难堪的还在后面，即走遍市区找不到卖劈材的所在，那怎么引火升灶呢？自然，猪往前拱，鸡往后刨，人们各有各的道，可悲我一介书生，开始只能休息时四处捡落地的干树枝，日子久了，才逐渐找到其他路径，这里就不泄露天机了。

塞北的粗粮年代，少见大米，白面几斤，省着给孩子吃；与玉米面共朝夕，就会寻找不同的粗粮细做方法，大约最受欢迎的，就是到街店换“钢丝面”。顾名思义，其形若钢丝，仿佛弹之有声；这由玉米面挤压得如钢丝般面条，上锅蒸过，口感不错，倘拌进汤卤，味道更美。也许因为那时与同时代的同龄人，包括稍晚些的上山下乡知青生活相比，感到我们已幸运多了，毕竟有万人大厂为靠山。就是这样，如今有时闲来无事，给身边青年才俊讲述这些，他们表面上诺诺然，表示敬意，但内心仍是不敢相信，仿佛不可理解。

2020.12.27

岁月琐忆

岁月的河床上，总会留下一些没有为激流裹挟而去的东西，磨圆的卵石啊，干枯的树根啊，供老来的人们凭吊。

不知为什么，近来我时常回忆起当年塞外沙原上的青春岁月；半个多世纪过去了，许多人和事都已模糊不清，但仍有记忆的碎片闪烁，有感动，也有感伤。

大约 1970 年夏天，我在工厂劳动锻炼，一个休息日，忽然想到去兵团看望诗友 C，事先也没有联系。丽日蓝天，光照强烈，大风过耳，却浑然不觉，沙原上不知走了多久，方到达兵团驻地。见到诗人 C，自然欢喜异常，谈天说地，彰显青春意气。也不知为什么那么大气，物质匮乏的年月，他们为招待我们几个不速之客，做了一锅小米干饭，炒了一盆鸡蛋，仿佛还有西红柿鸡蛋汤。惊喜之际，我们不禁狼吞虎咽一番……

写到这里，我联想到《诗经·小雅》“呦呦鹿鸣，食野之苹。我有嘉宾，鼓瑟吹笙。”（恰包头文联刊物，后来改为《鹿鸣》青年文学期刊，茅盾先生题写刊名）呦呦鹿鸣，求其友声。青年时代萌生的友情，往往让人终身难忘。

所谓诗友，同在包头却难得见面。我不记得此前大家是否见过，只是作品发在报刊上，彼此有印象而已。青年，无论何时，仿佛都有一条红线相连，在那个艰难的时期，大家没有丧失生活的信心，更没有沉沦，相互温暖着，激励着，跋涉在人生的大路上。

2021.6.4

牛奶会有的

开展改革开放史教育，我不禁想起1970年代在包头打牛奶的经历。

内蒙古，于今蒙牛、伊利的发祥地，怎么会缺牛奶？开，开，开什么国际玩笑？

然而，这是真实的故事，我讲给你听。

1968年夏，大学毕业，我被分配到包头一个工厂接受教育锻炼。随后是结婚生子，挑门过日子；别的困难不说了，小孩出生没奶吃，这个坎儿不好过。听说，一两公里外叫“一宫”的地方，可以购得牛奶，于是天刚蒙蒙亮，就顶着寒风，蹬自行车到一个大铁门前排队，人们一个个引颈期待，直到远处不锈钢的奶桶推出来、传出勺子的撞击声，知道有希望了，买到了，高高兴兴回返，倘没买到，则一筹莫展。包头，内蒙古屈指可数的大城市，本身就在草原的怀抱，古来“风吹草低见牛羊”，居然没有牛奶可购，不是令人莫名吗？然而，那个年代，从来无暇也无心思考这么严肃的问题。

牛奶会有的，面包会有的，前提是搞改革开放，搞社会主义市场经济，推进中国特色社会主义！

2021.7.6

★草原曲河

善良

当年没有互联网，身居边地，无亲无故，又信息闭塞，遇事不免惶恐。原来孩子生下来不久，发现睡觉喉音明显，胸部仿佛有些凹陷，于是赶快想办法，一是给上海医学杂志写信咨询，一是托人请儿科大夫诊治；阿弥陀佛，几乎同时有了结果，上海某杂志编辑回信，认为是因缺钙等原因引起的小儿喉喘鸣，须及时补钙；大夫也请到了，儿科高大夫，依稀圆圆胖胖的绅士，戴着仿玳瑁眼镜，判断十分明确，“见过，小儿喉喘鸣嘛，赶紧补钙，注射维丁胶性钙！”遵医嘱，果然不久就恢复正常，治好了，欢喜非常。

那年代，生活困难，物质匮乏，遇到事情特别是有病有灾的，真是难！然而，人心真好，善良朴实，一人有难，总有援手；素昧平生的上海某杂志编辑能够给边远地方的读者写信，回答问题、解决困难；医院大夫，天使般心肠，人到病除……

不怕你一时恍如“祥林嫂”，见人就说小儿哮喘，随处有倾听，随处有同情，随处有慰问。让你感受到人间的温情，社会的友爱，人生的良善况味……

2021.7.6

同学

这里说的同学，概念比较大，凡 1968 年起陆续被分配到塞外这家工厂，接受劳动锻炼的大学生，我们都称其为同学。话说我入厂时，在一分厂热处理车间劳动。后来，因为车间写稿见报率较高，奉调到报社当编辑（记者）。一次，到炼钢车间采访，见 Y 同学在下沉的浇铸槽里，看钢水浇锭，显得弱小而无精打采。于是推荐他到报社与我一起工作。这位老弟人不错，文字也好，就是家庭生活困难，让人爱怜。后来，他联系湖南沅江三线厂成功调动，大家都为他高兴，临走时，纷纷解囊相助。报社领导 S 另外拿给他一笔钱，做旅途和安家之用，说明是借的，望归去后设法筹措寄还。谁知这位老弟此去“泥牛入海无消息”，弄得我们 S 领导隔些日子就跟我说，Y 同志也该有信儿了，他那笔钱是我从单位借的……那情景，一如咸亨酒店老板念叨孔乙己一般。后来，找到他的通讯处，写信说明情况，希望他能理解。记忆中，他仿佛寄还了一部分，就再也没有消息，失去联系了。

2021.7.5

花生

于今，日常食品中，花生类制品诸如天府花生啦，鱼皮花生啦，花生牛扎啦，琳琅满目，不可胜数，随便什么人想吃随处可以买到。这景象，当年，六七十年代，在物质匮乏的塞外包头，是不可想象的。过年了。总要给孩子买些花生剥着吃（有时我甚至想到，如果一直这样下去，孩子们可能不知花生为何物），于是，辗转托人到外地想办法。那些年人们羡慕调石家庄工作的，在我，也羡慕但知道不现实，只盼着老家在石家庄的工友，年前年后能够设法代买些花生或花生米。逢年过节，北京有少量供应，凭居民购物本，估计上海、天津等大城市也类似。全计划经济、统购统销，只能那个局面。不过，人们似乎都理解，习惯成自然。

花生，香油，以及相仿佛的商品，由零星出现，到丰富地涌流，则是改革开放的新气象；学习改革开放史，市场经济的出现，花生、香油，大米白面的涌流，都是教材。惠及群众生活的物质丰富，来之不易啊。今天的年轻人哪里会有切身体会？自然，他们可以从更广阔的视野来感受改革开放好！社会主义好！中国共产党好！

2021.7.5

婚恋

适逢所谓情人节，说个婚恋故事。

我在工厂劳动锻炼那些年，“知识无用论”在社会上蔓延，下厂锻炼的大学生找对象难，一时间流传许多耐人寻味的故事。

说，Z君毕业于江南名校，要长相有长相，要学问有学问，为人和善，性格开朗。经人介绍，与某医院一位有着毛嘟嘟大眼睛的护士谈朋友。一天，“人约黄昏后”，两人在林间小道“压马路”，Z君见“毛嘟嘟”不怎么讲话，就说了一句“我会爬树”，“毛嘟嘟”没有反映。Z君又补了一句：“我爬给你看。”“毛嘟嘟”还是没有反映。Z君耐不住了，不由分说开始表演，“噌噌噌”爬上高树，“毛嘟嘟”依然没有反映。当晚分手后，她即刻打电话告诉介绍人：“算了算了，这是个精神病哩。”

Z君首战受挫，转而另觅伴侣。不久人们得知他找了一位副食店操刀卖肉的女子，其姿色自然不如“毛嘟嘟”，可是另有优势，很快就结婚了。那时候，肉蛋均凭证限量供应。别人问到Z君的选择，他出语幽默：“无论怎样，吃肉总比吃药好吧。”

2021.2.14

“发表”的喜悦

写微信，“朋友圈”这一页右上角有“发表”二字，提醒你按了就出去见人了，总要梳洗一番，正正衣冠。然而有时迫不及待，就免不了发生字句错漏，甚至引来理解上的歧义。朋友圈，好说，就你们几个十几个数十个新老朋友，理解万岁了。大报大刊，各样书籍，“发表”，则非等闲之事，尤其要慎重。

不过，这里要说高兴的事情，也是找乐。大凡年轻人，特别是文学青年，有作品见报见刊见书，应该是喜悦非常，不似书生状元及第，也若市井彩票小中。回忆1970年代，我的“王炸”式“发表”，是拆开邮件一看，人民文学出版社出版的新书，诗集《阳光灿烂照征途》，其中收了我一首《春夜出诊》。这一喜非同小可，一股热流涌到咽喉，从来没有过的兴奋，喜悦，幸福感。后来听说，当年人民文学出版社编辑飞遍全国，从地方搜寻作品，编辑了有破冰意义的第一本新诗选集。在国家级书刊上发表作品，自然有了些许知名度，开始了我的文学梦。我想，每个人都有最初的“发表”喜悦，其飘动的火苗有的成为继续燃烧的照亮前进道路的火炬，有的则飘忽不定，最终熄灭在不能“再坚持一下”之中。发表，对于一些人，包括老同志依然兴奋不已，而在我，则已无感情冲动可言，大块文章早已不写，轻描淡写的杂感类，又太琐细（近于无聊），没有发表的价值，就是一向喜爱的新诗也难得动笔，失却发表的欲望……衰老，真的是一件可悲哀的事情。

说发表的喜悦，好像有点跑调了，于是，打住。愿亲爱的奋斗者，多有“发表”的机缘，多感受“发表”的喜悦！

2021.1.15

第四辑

光影逐梦

即拍

微信“走过”题目下，不觉已发所摄照片（或曰原创）千余张，当此之时，似乎应该说点什么了。

不知是否有这个语汇，我把自己的摄影定位为“即拍”，就是行走大地，随走随拍；没有主题，没有谋划，没有任务，不分天气好坏，不计光线强弱，不管路途远近，心随意转，风景尽收，自得其乐。如此，即“即拍”也。

摄影，作为一个艺术门类，当然有种种理论指导书籍和名家摄影作品集，需要看看，一些基本的要求或者说技法需要遵循，但也不必过分拘泥。比如摄影技术 ABC 多这样讲，拍人物，前方要多留一些空间，否则……而我看到摄影家邓伟为杨振宁造像，则逆行而几乎不留空间，反到给人以深刻印象。自然，拍风景考虑“黄金分割”，考虑对角线，拍人物多用侧光，肖像摄影尝试长焦镜头，诸如此类，习惯成自然就好。

我拍自然风景居多，这与天性喜欢一己独处，与天地独白有关，以为与大自然交流无障碍。携一镜游走，随走随拍，久而久之，集腋成裘，照片仿佛财富，自我感觉良好，没事时翻翻，喜乐无边。

从来没有整理发表的想望，年纪大了，对此更是淡然。一件伤心至极的事情，就是前些年，不小心，将一个“巨无霸”硬盘搞坏了，而且无法恢复。那也是贪心所致，朋友给买了一个特大容量的硬盘，一块砖相仿，我便把几乎全部照片都输进去了。一次，翻看照片，“砖头”倒下，就毁了。原来这新式武器，里面是一张高速旋转的光盘，划得一塌糊涂，再无恢复之可能（专家看过）。几万张照片啊，瞬间即逝，即拍，即逝，也合乎逻辑。只是，朋友们无缘与那些光影见面了。这也是我愿意通过微信，发表自己所摄照片，与大家分享其中的快乐的原因罢。

2021.4.25

偶得

雨后初晴，北京朝阳区崔各庄果园附近的湖畔，夕阳的余晖映照水面，忽见有一支绽放的新荷静静地挺立在那里，如诗悄吟，如画灿烂，光影美妙，浑然天成，于是我抑制着心头狂喜，按下相机快门……当我调整焦距，准备再拍时，夕阳暗淡，荷花上的光线消失了；我顿悟，摄影，光影艺术，往往成就于瞬间！所谓“文章本天成，妙手偶得之”，我非妙手，却笃信偶得。

夏日里，荷塘景色可圈可点，荷花荷叶荷风荷韵，多么让人沉醉；此刻玉渊潭桥北，夏荷的光影，荷叶上空灵的小翠，为无数摄友追寻，那么，祝君好运！

2021.6.10

★明艳如许

最可宝贵的

学习摄影，在我，偏爱自然风光，——也是旅行使然，边走边拍，没有时间（光线）的选择，也没有蹲守的耐心，只求数量（为从中挑选），不论质量，“混混”而已。

其实，摄影最可宝贵的，应该是拍人像，道理很简单，人是世间最可宝贵的（领袖有过教诲），大自然再美，毕竟没有灵性，而人则万物之灵，人的形体，姿势，表情，智慧之光，历史文化，等等，都是可以通过镜头记录，描绘，雕刻，展示，彰显……我们已经知道的，邓伟、魏德运的肖像摄影，已深深留在我们的记忆里，那追逐光影的热情与坚毅，那出神入化的造像功夫，曾经给我们带来感动，兴奋，联想，梦寐……

人，普通人群，平凡的感动，应该成为大众摄影的主体、主题，让我们在推动时代前进的历史洪流中，偶尔驻足，为身边的同事、朋友留下动人的一瞬，美丽而幸福的剪影吧。

2021.1.14

剧瘾

今天，说说我的看电视剧。不知从哪年起（自然是退休以后），我养成一个习惯：每晚要守在客厅电视机前，巴巴地看两集电视剧连播。各卫视台的剧目，林林总总，古今杂陈，我最喜年代剧，其次是谍战剧，实在没有中意的，抗战神剧也凑合着看……

于是知道了宋佳，知道了海清，知道了闫妮，知道了金晨，知道了李易峰，知道了张嘉译，知道了靳东，知道了张译，等等。知道了，又怎么样？知道了当然好，脸熟就生亲切感，下次再见，仿佛就是朋友了，表演艺术可以感染人，对其他文艺门类可以触类旁通。

并非时间没法打发，也不是待在别处让人生厌，更不是帕金森附体为了调整神经，就是爱看，随着剧情起伏喜怒哀乐，为别人的来去担忧或感奋。知道某剧有些烂，知道某剧有些“装”，知道某剧有些……依然照看不误，有时也知道自己有些傻，或相反有些“飒”！总之，已经成瘾，不可救药。仿佛文学女青年，作家无论大小，哪怕是冒充“柔情诗人”，遇见——都感动，都膜拜，都……

这剧瘾，也不无好处；所谓有比较才有鉴别，有鉴别才能……；在人们纷纷离开电视机，告别那些无聊电视剧的时候，我的守望，该得到电视台的褒奖罢。盼有优秀的电视剧登屏，好让我刷屏有理，刷屏有据，刷屏有尊严，刷屏不被人嘲讽。

君以为如何？

2021.1.5

两个摄影家

人闲下来，脑子却不肯停歇，东想西想，就想到两个著名的摄影家——邓伟和魏德运，想着想着就要掉眼泪……

这两位天才的摄影家，才华横溢，一向生龙活虎，怎么都不到60岁就走了，唉，英年早逝，天地同悲。

邓伟，科班出身，北京电影学院毕业，与张艺谋同班同学，据说拍了一部《青春祭》（摄影），就“息影”出国改拍人物肖像，为世界级名人拍照，也是历尽艰难终于成名。谁想到，恰功成名就之时竟驾鹤西去。我与邓伟仅见过两面，却印象殊深；第一次，也是一个冬天，他由著名青年歌手谈芳兵陪同，到我家串门，其高大、微胖而结实，搞摄影显然好体力，朴实无华，举止儒雅，那天我们说了些什么，事隔多年，于今我已记不得了。总之，相互之间都感到轻松而愉快，亲切而温暖。第二次，许多年之后，在北京航空航天大学礼堂，好像参加团中央举办的纪念五四的优秀青年表彰大会，他是“海归”代表，他在台上领奖（仿佛还发表感言），我受邀参加会议，虽然见面了，没有时间交谈。再后来，他曾寄来请柬，邀请我出席他在中国美术馆举办的名人肖像摄影展览开幕仪式，我因事（也是不喜热闹）没能前往参加。再再后来，听说他去清华大学美术系（不知是否有这个系，或许是工作室）任教，大家都忙，虽没机会见面，还是通过电话；记得一次我添相机镜头，打电话请教他“买定焦的，还是变焦的”，他说当然是买定焦的，无外乎需要走动，但拍照效果好，也有利于提高。过了几分钟，他又给我来电话，说还是买变焦的吧，你年纪大了，这样可能更合适些。邓伟，你好细心，好体贴人。

从此以后，我与邓伟再没有联系过，直到许多年后，有朋友报告说，邓伟走了，不在了……

邓伟不在了，人间少了一个好人，一个充满生活情趣的人，一个果敢的人，一个卓越的人，一个世界著名的摄影家、教授，一个让人永远怀念的人！

2021.1.7

两个摄影家（续）

摄影家魏德运，我们交往就多了。前后十几年，四季轮回，你来我往，回忆思想起来不知从哪里挑头好。

他经常引以为荣的，莫过于出入北大、清华、北师大，为那些国宝级文化大家拍照的事情，他为人热情、谦卑，大师们都喜欢他，拍照之余先生道德文章感染着他，不觉融入血脉；一个文化程度不高、校工出身的摄影爱好者，受浓郁而厚重的传统文化熏陶，日益文化起来，反映在摄影上，光影流转，文化内涵提升，终于成就一个知名的肖像摄影艺术家。我这人好提创意，怂恿他办摄影展，经我推动的前后有两个专题，一是“走近崇高”，所谓为大文化人摄魂；一个是“铁流向前”，为健在的老红军拍照，集中起来都是抒写中华文化，弘扬中国精神，记录伟大时代。我发大热心，为这两个展览分别撰写了前言、后记，并参加了两次开幕式，一次在清华大学，一次在北京博物馆。

德运重友情，为我拍过许多照片，有几幅肖像我十分喜爱，每每看到，眼前就会浮现出他那活泼泼的身影，大红的T恤衫，宽松的白裤子，那后背的长发，还有他那呵呵呵的嬉笑。德运是从陕师大出来的，当年带着一台国产“海鸥”相机，游走京都，果敢进取，终成摄影大家。他为季羡林老拍摄的那幅发表在《人民日报》上一举成名的佳作，彰显了他的敏捷、聪慧与灵动，他的追赶光影的锦绣前程。

德运走了，走的很突然，那时他正在首都院校举办巡回影展，而且是他刚刚获得一个很高级别的摄影大奖不久。人们在八宝山为他送行，我也去了；北京和陕西等地的朋友纷纷前来悼念、追忆，表达对他的不舍与缅怀。

德运逝世后，三联书店出版了他生前编辑好了的作品集，作序的，有柳斌杰、袁贵仁，还有我。我之前应邀写完序，发出后，还给他电话报告，交办的任务完成了，电话里传来他略显沙哑的声音，表示感谢（如在近前，他会习惯地立正，敬个军礼）。

世事无常，快乐每一天，大家珍重罢。

2021.1.7

又见

又见北戴河。两年没来，天更蓝了，云朵依然那么悠闲；树更绿了，树下花草繁茂，给人以盛夏的问候。这次休假，虽疫情平稳，仍保持警惕，严格管控；别想外出游走、故人小聚，杯酒言欢。也好，可以静心读书，敞怀观海！

傍晚时分，海浴已停，但浴场照开，可以悠然观海。暮色渐浓，海色迷茫，忽然一道强光照射，沙滩上人们兴奋起来，望大小船只归来，举起手机，拍，拍，拍……人生难得这时光，所谓“今日得宽馀”，放松肢体，放飞思绪，天人合一。

北戴河，伟人留下身影，更有千古绝唱，苍凉而壮美：“大雨落幽燕，白浪滔天，秦皇岛外打鱼船。一片汪洋都不见，知向谁边？往事越千年，魏武挥鞭，东临碣石有遗篇。萧瑟秋风今又是，换了人间。”夏都过往，总会留下金色记忆，愿江山永固，赓续红色血脉；惟有奋斗，9500 多万共产党人正续写新长征路上英雄诗章！

2021.7.18

错过

追逐光影，自然景观也好，社会生活也好，难免会有许多错过，——往往就是一瞬，就是一个犹豫，就再也找不回来了。

多少年前，在风物陌生了的故乡，车过原野，窗外收割过的稻田，夕阳下图案化的景色，美得令人沉醉。我犹豫着，前面已停过几次了，是否再停一次……就这样错过了。还有一次，在大凉山，从美姑县返西昌路上，汽车在泥泞的被碾压坏的路上行进，忽见一位年轻的母亲携家出行的镜头，她背着一个小孩，牵着另一个大些的女孩，还有一个女孩拿着一根树枝儿，赶着一头半大黑猪，紧随其后。我直想下车，拍下这个图景，然而终没好意思叫停，司机太辛苦了，不能再耽误赶路了。脱贫攻坚中的大凉山啊……

错过了，再难补救。想到前些时候，网上转发的余光中先生的名言“下次你路过，人间已无我”，不禁又一次泪目。——余光中先生言犹在耳，人却倏忽不在了。于是，我想到，人间景物再难得，错过也就错过了；而人间真情终不可错过，宜倍加珍惜，一旦错过，就是捶胸顿足，杜鹃啼血，也枉然，——就撕心裂肺地错过了！

2021.2.2

拍拍，拍

每天早起刷屏，随着晨风有照片传来，“早上好”“早安”“天天好心情”……

朋友圈，大时代的一角，春夏秋冬，阴晴雨雪，大事小情，喜怒哀乐，与大世界相连，与大社会共舞，那么，也随俗拍拍，拍，拍些喜庆欢乐的场面，拾取流连忘返的风景，剪辑吃喝穿戴的趣闻，发表张扬自恋的倩影，与大家分享，举手之劳，留有余香，仿佛天天见面，岂不快哉！

有时我想，虽然拍照不是什么大事，但太随便了也不好，构图啦，用光啦，不能太马虎，更不能“油条”，这叫态度；有奇思妙想，敢于标新立异，就更好了，可以让我们耳目一新。无论什么事情，一“油”，则难有进取，甚至不可救药。这里，“认真”二字十分可贵，如毛主席他老人家的教导：世界上怕就怕“认真”二字，而共产党就最讲认真……

一个摄影人说过，照片放大就好看了。的确如此。不过若拍时就放大，岂不更好。一个摄协领导说过，什么叫作品，对于老同志，拍出来就是作品。这种宽容，给了我们自信，也给了我们创作的喜悦；然毕竟照片与“作品”还是有距离的，我们不妄自菲薄，也不可陷入盲目性而不求进步。

拍拍，拍！朋友圈里找乐儿的同时，我们还期盼不断进入新境界呢！

2021.7.27

说宏大叙事

影视创作，重大题材的表现方式，一般应该是宏大叙事；自然，也有例外，电影《秋之白华》，就看不到叙事方式的宏大，相反，透过革命烟云，细腻而清丽地表现瞿秋白与杨之华的爱情故事，不乏似水柔情。

讲大时代的故事，可以有气势恢宏的底蕴与风格，也可以搞点花花草草，所谓一滴水反射太阳的光辉，以小见大，从中可以看到作家的大视野、大格局，这样，重大题材作品风格的多样性也就出来了。

2021.1.17

说影视

因为参加重大革命和历史题材影视创作领导小组，所以有机会接触这一类送审的影视作品，接触这个领域的编剧、专家以及导演、演员，当然，也经常与有关部门领导和工作人员见面，这样，学习的机会就很多了。学习引发思考，十几年过去了，记忆中就会有许多沉积，有时想到，如果把这些写出来，朋友们一定会感兴趣，对有些问题还可以作一番讨论。

先说理论文献片。开始，我作为党史人被安排到这个组，认识了广电局负责这方面工作的 J 老师；其人给我的印象，勇于坚持党性原则，严格史实依据，兼顾艺术性，讲原则，又并非不可商量。我参与的，有《军旗从这里升起》《共和国摇篮》《为了胜利》《小平你好》，等等。看本子，观片子，提意见，在北太平庄那个有名的新影制作中心，那间不太大的放映厅，与组里专家一起度过许多难忘的时光。

理论文献片，大都配合时政制作，在电视屏幕播出，受众广大，政治性强，大家瞪圆了眼睛细读深思。过片子，偶尔有人走神，出现长征 1935 年结束，我立马站起：应以三军会师为结束，1936 年 10 月啦；于是，同志们回过神来，是了，是了……辛苦是辛苦，但可不敢马虎啊。

2021.8.8

为了崇高使命

理论文献片制作，使命光荣，却辛苦备尝，那些年一些地方领导为此亲力亲为，给我留下深刻印象。虽说是宣传口的大领导，然项目定了即融入团队，有苦同吃、有难同往，记得江西的《军旗从这里升起》《小平你好》，都是领导同志亲自抓的，立意高远，千锤百炼，收到预期效果。

那些年理论文献片影视制作，特别是寄希望于央视一套黄金档播出的，没有领导支持甚至直接参与操作，简直是不可想象的。当年江西重大革命和历史题材政论作品的成功制作和联翩播出，影视制作人的苦战奋斗自然是根本，而领导高度重视、鼎力支持甚至亲自上阵，同样是重要保证。

于今，时代前进了，理论文献片制作也进入新时代、新的发展时期，《摆脱贫困》《敢教日月换新天》等作品气势恢宏，思想性与艺术性相统一，实践展示和理论升华都令人耳目一新，感触良多，仿佛大江奔腾将入海，让人顿然开阔视野与心胸。期间，在制作、送审过程中不知多少领导同志给予关心、指导和激励；此刻，我还想说，理论文献片组的朋友们，这里面也该有你们的心香一瓣与辛勤劳作！

2021.8.9

电影组

今天说电影。刚刚退出电影组（据说是年龄关系），怪留恋的，毕竟十多年了，出出进进，先是在广电大楼三层那间会议室，后来去出版署大楼11层会议室；每逢会，群贤毕至，小组集专家、作家、艺术家、资深编导、文艺评论家于一炉，文火慢燃，讨论剧本，形成意见，其认真负责精神、彼此尊重程度，毫不夸张地讲，都是令人肃然起敬的。当然是电影局领导主持，艺术处电影人服务，工作富有成效。不知从哪时起，渐渐形成历史文献方面的专家先谈，看剧本涉及基本史实是否符合历史实际；然后其他方面同志，艺术家们就剧本的思想性、艺术性，当然也包括史实依据，发表意见，大家的发言都是在事先认真研读剧本的基础上，经过深思熟虑作出的；再后，就是深入交换意见，形成统一的意见，提供电影局参考。

既然民主讨论，当然会有意见相左的情况，不过这种情况极少，经过反复的讨论，意见也就趋于一致了。也不知从哪时起，大家推文史家L校长先发言，打个样，然后逐个跟上，以为这样可以提高工作效率。而L校长果然博学多才，所谈意见大家多所赞同，他的发言往往还会围绕剧本内容，或人物，或事件，牵引出许多历史细节，听了饶有兴味。

艺术家们各展风采，有的结合自身编导经验对剧本提出修改建议，有的上升至美学层面给予指导；因性格和习惯不同，有的讲话简约，但一针见血，有的抽丝剥茧，侃侃而论。相互之间，若智者相遇，一点就通，相敬如宾，只嫌见面机会太少！

2021.8.9

剧本

这十余年，到底看了多少个剧本？似不可胜数；参会讨论的，拟个单子，一两页纸，说过也就忘记了；凡没到会参加讨论的，则有书面意见，一般千把字，现在电脑上能找到的，不下百余篇。看过的剧本，上面写写划划，我的劳作与作者的劳动结晶迭加，舍不得丢弃，由大纸箱盛载，有两三箱，至今还堆在我家走廊过道。

看剧本，该是复杂劳动，找相关资料，核对大事要情，辨别事实真伪、虚实逻辑，分析剧本主题思想、戏剧结构、情节安排、人物塑造、语言特点，以及归结创作得失，等等，为尊重作者劳动，不能不倾注精力，全力以赴。记得人艺台柱子于是之生前讲过，为别人看剧本，至少要看两遍才好说意见。以我这资质平常、才疏学浅之辈就更不敢懈怠了。

那么，剧本状况如何？写这类文字，最怕说具体了，尤其不能指名道姓；但总的印象还是可以谈说一二。以我的善良与包容，视选材好、中等水平，就放行了，因为能体谅重大题材电影创作不易，到导演手里还可以二度创作。但那些胡编乱造，既不顾史实又无艺术性可言，甚至漏字漏段，错别字连篇，显然自己都不肯再读一遍的本子，只好对不住了。为重大题材电影创作把关，小组同志们责任心很强，有时我的“心软”，会受到善意的规劝。

总体感觉，有好剧本，但不多，其中相当部分是应景或应各种需要匆忙赶出来的，有的其粗糙程度让人惊讶和不解。剧本水准不高，当然令人忧烦，如何改变这种状况，大家有许多建议和设想。在我，以为办培训班是个好办法，把那些中等水平剧本作者请来，集中培训、研讨，修改，以求提升档次；抑或集中优秀编剧，分配创作任务，集思广益、众志成城，打造优秀作品。电影局应该有丰厚的人才储备，编剧、导演在加强领导的实战中提高素质，产生优秀作品。

2021.8.10

故事

好的电影，一般地说，都有一个好的故事，展现人世间的悲欢离合、爱恨情仇；重大革命历史题材电影，尤其应该照顾大众传统的观赏习惯和心理，要有故事性，通过动人的故事情节，塑造英雄人物形象，弘扬革命精神，闪耀人性之光。宏大叙事，史诗风格，没有问题，特别是以集中叙述重大历史事件为主旨的作品；然观众来电影院，不是来听激情燃烧的讲演，也不是来观赏诗歌朗诵音乐会，而是要通过活动的光影，感受来自历史深处的英雄故事，英雄人物的人生轨迹，包括其所处历史环境的世事人情，别样的悲欢，别样的爱恨，通过感人的历史细节揭示英雄人物与人民群众血肉相连、同心同德、休戚与共的英雄本色与时代风采。

现在的问题是，更多的剧本不会或无暇结构历史故事，而忙于剪裁历史教科书，生硬地交代历史过程；就是虚构几个无关痛痒的小人物，穿插其间，所谓增加故事性，也无助于改变全剧的平淡无奇。须知，故事性不是标签，而是对剧本通体的客观要求，从一定意义上说，是剧本成败的关键。

当然，如今电影制作风格多样，并非都得如已往那般有头有尾地讲故事，但讲好故事毕竟是电影制胜的利器，还是留意一下为好。

2021.8.11

语言

少年时代，因对电影制作好奇，读过一本小书，是讲电影知识的，作者大约是吴天，什么“分镜头剧本”，什么“淡入”“淡出”，什么“画外音”“旁白”，什么“蒙太奇”，什么“电影的语言是动作”，等等，给我带来不少乐趣，至今还有印象。

电影的语言是动作。这一点，我一向赞同。许多电影，从头到尾，说起来没完，与话剧、电视剧比饶舌，分散和遮掩了演员的表演艺术，从肢体到表情，那逼真、细腻、空灵，都不为人们所注意，仅靠情节推动剧情，仿佛读平面的连环画。

一些电影口头语言设计，缺乏特定人物语言，一般都是新闻语言，大家可以“互换”，偶尔几句有新鲜感的，不是当今流行的网络语，就是寻常市井殴骂的粗鄙。

还有，就是出语是否得体问题。比如毛泽东、周恩来、朱德这三位伟人之间对话，均应符合各自的历史身份、性格特点和语境依据，倘不留意，就不像，不符合历史况味。还有，战争中，新兵与老战士，指导员与连长，敌我双方将领称谓与语言往来的不同特点，等等。都是需要认真选择、打磨和着色的。对于追求优秀作品，这种既采自生活，又提炼加工的语言文字功夫，是不可以省去的。

还有，就是惜墨如金，对于电影中人物语言的书写，应尽量节省；不需要用旁白、字幕的，尽可能不用，以保证观赏的流畅；人物对话、内心独白，不说字斟句酌，总要力戒唠叨饶舌；而“牛奶会有的”“面包会有的”，立马会使我们想起俄国瓦西里和他的妻子，想到电影《列宁在 1918》；“高，就是高”“我胡汉三又回来了”，不用说，这类语言一出现，我们就知道哪位坏蛋出场了。精确而生动的语言，必然会给影片带来经久的魅力。

显然，一部好电影，其中的电影语言和人物语言设计，都不可马虎从事。

2021.8.11

名字

前些年，给影视作品取名字，似乎有点“滥”。电视剧，某某“者”一时很热，以至波及到电影；明明写李大钊的电影，“李大钊”“先驱”等，都可以选，为什么一定叫“革命者”？希冀象征英雄的平凡，抑或平凡的英雄？

有些英雄人物，驰名天下，流芳百年，以其名字作片名不是很好吗，不知为什么经常回避，——对了，有一说，即影片仅表现其人生片段，而没有表现其一生，因此不能。电影《周恩来》呢，同样没有完整展示他的一生事迹，人们并没有提出非议，反而觉得很好。

当然，为影片起个好名字，也不易。不动脑筋难如愿。其实，这件事从影片酝酿阶段就应该逐渐清晰；或实或虚，或地名或人名，或描摹事件，或坚挺人物，或工笔，或写意，从中产生片名。

扎堆不好，人家叫“仁者”，你就叫“勇者”，再来一个，叫“智者”，又大家都“无敌”，不免让人感到厌烦。不过，也有偶得。记得那年我还在中组部，为迎接党的十五大召开，制作一部理论文献片，表现十四大以来党建新进展新成就新经验。片子制作差不多了，最后审看，同时为片子确定名字。在去电视台的路上，拟好的二十几个名字在我的脑海里过往，都不满意。忽然，毛主席诗词中“风展红旗”的意象凸显，到电视台一说，大家异口同声表示赞同。

影片的名字可以蕴含诗意，但不可模糊不易辨识，如“漫道”，毛主席诗词“雄关漫道真如铁，而今迈步从头越”，锦句也，但倘以“雄关漫道”作剧名，就不甚明晰了；须知，这里的“漫道”，同“莫道”，是“不要说”的意思，那么看剧名，真不知你这部电视剧到底要表现什么？

给影片取名字，如同给新生儿取名字一样，不可马虎、草率，名字起好了，如明月中天，又如绿草中红花，似画龙点睛，为影片深化主题、活色生香起到积极作用。

2021.8.12

第五辑

人到老年

快乐读书

一位哲人说过，读书使人充实。那是，读书的益处，何止于此。都说读书辛苦，其中的况味不须多讲，看看莘莘学子备考的风景，就可以体会一二。

然而，也有快乐读书，别的不讲，单说退休老人，就可以享受读书之乐，或曰快乐读书。请言其详。一是读书无压力。年龄七老八十了，谁还好意思给他们施压，交代任务嘛（自然，老同志有自觉，必读文件是认真学习的）。那么，想读什么就读什么，想怎样读就怎样读；于是，一卷在手看将起来，多惬意。二是心随意转，已往没有读过的书，现在可以放开看了，诸如读史，《史记》《资治通鉴》这类大部头的，可以问津了；文学经典四大名著之外，《诗经》《楚辞》《文心雕龙》之类，也都可以逐篇解析品鉴了；还有，摆放在书架角落里那些闲书，也可以拿来翻翻，藉以调节神经。

这样说来，读书岂能不快活？有了快乐读书，更能体会出读书的快乐，读书的种种受益，读书带来的身心愉悦。

2021.1.14

昨日书

忽然想说说已往的读书，那些读过的印象深刻的现代文学书。杨沫的《青春之歌》、梁斌的《红旗谱》、柳青的《创业史》，这些自然为我所钟爱，就是《我们播种爱情》《归家》这类有争议或受批评的书，也是读得津津有味，以为作者才华横溢，写得别开生面。青少年时期，一个文学青年，在阅读方面的确有点好奇心盛，且恣意妄为。现在看来，一些当时被批评为有问题的书，倘不吹毛求疵，其实并没什么问题。

昨天的文学作品，没有当下这么海量，但作者精心写作的态度和精神，却让人由衷地感佩。现在的文学创作，国门打开，交流畅通，什么马尔克斯，什么什么，多有借鉴，写作路径宽广，写作条件优越，电脑敲出来的文字似江河奔流，新书泉涌，哪里看得过来？而且良莠不齐，不及分辨；前些时，网上介绍一部50余万字的“史诗”性大作，也是许多年没看大部头作品了，于是选来一读，花了许多时间却几乎无所得，脑子里添加了纷纭的世相与哀愁，却不能获得光明的愿景与向上的力量。教训是可不敢随便拾捡“巨著”，就闷头读将起来。

当然，当代优秀作家作品不胜其多，均可读，可赞。惟愿文学评论家负起责任，坚持实事求是，勇于开展批评，帮助我们这些对文学创作面貌缺乏了解的人们，精准选择，正确阅读，以免去诸多无用功。

2021.8.17

遛早与找乐

这题目，读起来不免有点绕口令味道；遛早是一回事，找乐又是一回事，二者有联系，但并不紧密，避免饶舌，就不论述了。

遛早，即早起散步，早锻炼，大约是北京人的说法。黎明即起，满城溜达，活动腿脚，明目醒脑，中老年人多有此积习，显然是个好习惯。遛早，还有朋友见面互致早安、交流信息的人文意义。不过，前些年有养生专家发表新论，说早晨空气反倒不好，应该晚上（八九点）散步，那时烟尘落尽，空气清新云云，不知是否有科学根据。

再说找乐儿，老年人容易不快乐，所以要设法找乐儿，刚才说的遛早，就应该是一乐儿。此外，北京的提笼架鸟、琴棋书画，大妈广场舞，爷们吊京腔，什么苏三起解、武家坡；西安的秦腔高嗓，成都的满城麻将声……

不快乐，原因多种，咱不分析了，——闹心不？探寻找乐的方法与路径才是正经。读闲书，读到精彩处，有乐儿；追时尚，仿佛也“潮”了，有乐儿；游山玩水，寻幽探秘，有乐儿；最不济的，居家操练“孙子”兵法，也可能会其乐融融，不过，小心了，安保责任重于泰山！

如今，四季轮回，风霜雨雪，世事变化多端，人们奔事业，讨生活，难免不时发生不尽人意之事，影响身心健康，这样，找乐儿就上升为比较大的事情了，而且不仅是老年人，中年人甚至青年人也会遇到找乐的课题，破解的基本态度和方法，应该是心有阳光，乐观向上，朋友互助，拓宽前路，克服困难，一起快乐起来！

2021.1.15

老人角

老也老了，老人没长角；说的是大院中的一个角落，老人们晒太阳的地方，也许还有别的功能，诸如相互问候、聊天，乃至讨论时事。大院的老人，大都官阶不低，有不凡的经历，因而虽退休归家，背驼腰弯，依然有个“架子”在，一般少言寡语，见面点个头就算问候，不说闲话，更不说牢骚话。阳光洒在仰起的脸上，眼睛眯缝着，不知在回忆往昔岁月荣光，还是在向往未来愿景？

每天来老人角的，老人居多，但也有学龄前孩子和带孩子的老人或保姆。孩子，特别是半躺在娃娃车里的婴幼儿，深得老人们爱怜。但他们也只是隔着距离投以慈祥的目光，有的问一下孩子的爷爷是谁。老人角有时会流动着不安，当你散步路过，熟悉的人会老远地告诉你“L 走了，你知道吗？”待你回答了，他又重复了一遍“L 走了，你知道吗？”我知道，老人家的耳朵已完全失聪了，而他自己倒仿佛忘记了……

2021.6.28

老人与海

人老了，常缅怀往事，那年出访古巴，看到蓝色的加勒比海，接触到古巴勤劳勇敢正直而好客的人民，联想到海明威在这里写下的巨著《老人与海》，归来写了一首诗，现在与朋友们分享。

别了，哈瓦那

哈瓦那，当我
离开你的时候，
望大海波平，
云朵纯净；
长街短巷
殷殷花红。
我知道，
海阔山遥，
从此再难走进
这和谐的风景；
牵挂却如细雨，
在阳光般的
皮肤上泼洒诗情；

让我把百年童心
留给你——
为了这一份蔚蓝，
这一份宁静，
这一份保卫革命的
——神圣！
还有拉蒙同志高高的
颧骨下，那恒久闪烁的
警惕的眼睛……

人到晚年

大凡人到晚年，特别是到了七八十岁，其心境大都不会太好。探寻原因，身体衰老加剧，所谓断崖似的，往往疾病不断、忍受苦痛；随之，心理也会发生变化，生活圈日益缩小，孤寂感日益增加；倘收入不高，又要照顾子孙，继续为生活操劳，同时，种种烦恼无处述说，自然走不出烦忧，面对这种晚景，可如之何?

所以，所以希望社会给老年人多一些关爱与理解，包括日常生活中，对一些老人对待事物表现出的简单、急躁乃至偏颇，给予包容；须知，他们并非不懂唯物论与辩证法，并非不懂世故人情，实在是老了，有时急火攻心，忘记了“有话好好说”……

人到老年，值得爱怜。进入老龄社会，需要更多地为老年人安度晚年提供帮助、提供服务，既解决当前的服务，又谋划好长远建设。以为目前最靠谱的，是深入谋划和切实办好社区养老问题。

尊老敬贤，中华民族传统美德，推进社会建设，实现中国梦，这也该是题中应有之义。一般地说，垂暮老人，对吃喝穿戴这物质生活的需求，已经很有限了，而对精神生活的满足感则依然迫切。那么，无论在怎样的场合，当我们看到老人从身边走过，请

★问君可服老

投以会心的微笑，目送他们远去；瞬间你也许会联想到他们曾经付出的奋斗与牺牲，他们曾经获得的勋绩与歌声，还有他们眼中的仁慈，那善良的天性！

2021.6.8

退潮

潮水退去了，海滩上一片狼藉，早起的人来“赶海”，总希望能拾取些什么。这里是海滨浴场，非渔港，而且天天有人清场，游客们寻寻觅觅，好像也不会遇到什么意外惊喜。

我的收获，则在联想：恰如人生，潮水退去了的海滩，即老人的晚景写照，留在沙滩上的残损的贝壳，零落的海带碎片，还有现代人弃置的垃圾……所以，应该清理，从物质到精神，闲置的多余的物品，该送人的送人，该丢弃的丢弃；积在心底挥之不去的，诸如衰老的苦闷、自信的流失，以及莫名的激愤，等等，从而增强自信，焕发活力，沉着应对，行稳致远，愉快走完人生岁月。

潮涨潮落，人生常态；有自信，不自欺，宠辱不惊，昨日以奋斗求进步，求幸福，求快乐；今天以宽舒度晚年，享喜乐！

2021.7.20

懂你

懂你（不是“你懂的”），不易；说到干休所，对于老同志，这里大约是最“懂你”的所在。

入住之后，你就会不断地听到“爷爷”“奶奶”这居家都少见的亲热称谓，花朵般的小姑娘，白杨般的小伙子，朝你招手，朝你微笑。老人，有限的岁月里，还有什么别样的希冀？就是由衷的尊重、亲切和关爱。这里的服务，懂你。

推而广之，对于老年人，整个社会都应当倡导这种“懂你”，以弘扬中华民族尊老敬贤的文化传统，开启新时代良好的社会风气。老与贤是相通的，老年人的智慧为岁月所积，老年人的经验大都是付出过代价的，老年人品德的养成因学习与传承而得，这一切结构了“贤”的风范，无疑是人间瑰宝，不可鄙薄。

“地球村”已进入老龄社会，我国人口老龄化的速度也不慢，对此国家有对策、有规划，但全社会重视并解决好老有所养、老有所依的问题，还有大量工作要做，特别是从观念上、举措上解决好尊老敬贤问题，显然是一个长长的过程。

老有所养、老有所乐，还应该考虑老有所为；经验告诉我们，无事可做是加快衰老的重要因素，那么，如何适当发挥老同志所长，引导鼓励他们为经济建设、政治建设、文化建设、社会建设和生态文明建设贡献聪明才智，就是一个迫切的课题，需要部门和单位领导，基层社区领导从容考虑，广开路径。人才浪费是最大的浪费，惜才、爱才，善于用人，本来就是领导干部必须具备的素质和能力，在解决老同志老有所为问题上，大家都来探索一些新思路、新办法。而前提还是“懂你”，读老同志，懂老同志，是态度，也是学问呢！

2021.7.29

卑微

我说的这个“卑微”，非“位卑不敢忘忧国”的卑微，主题没有那么宏大；而是说退休后的老人，日渐感受到的那种含有莫名哀愁的卑微，当然这无关宏旨，仅一己之悲的情绪。

“有为才有位”，这是我们在岗时常常标榜的一句话，用以鼓励别人或激励自我。那么，退休多年，无为而活，在社会，在家庭，早已为人所漠视，甚至淡忘，还谈什么“位”？于是乎，卑微做人，从社会参与度到家庭生活，以至于心理状态，合了一个又古老又年轻的词语，——悲催！而这样，对社会、对家庭、对老人都是一件值得注意的事情，值得研究的问题。

所以，在这里，我不得不又一次重提“老有所为”的重大课题。社会也好，家庭也好，不能忽视老人的价值，他们的经历、经验，人生态度，应从中看到他们的智慧、力量、情感、风范，以及种种美好的东西，进而学习，借鉴，化为一己之德，一己之能。

老有所为，对社会是尊重知识和珍惜人才之举；对家庭，是尊老敬贤、求家庭和睦的实务；对于老人自己呢，可以克服卑微之感，继续为社会服务，同时增强生活信心，以达到健康长寿之愿望。

说到这里，可以攀一下古训："位卑不敢忘忧国"，为了实现中华民族伟大复兴，成千上万的退休老人，乐享晚年生活的时候，也可以用各种方式，为政治经济文化社会生态文明建设，党的建设，尽一份心力，以不枉此生，无愧于时代！

2021.8.28

老有所为

于今，随着老龄社会的到来，人们关注老有所依、老有所养，舆论尊老崇孝、兴办养老院所、谋划社区养老，一时颇为热闹。然有一个问题被冷落，就是要不要、如何做到老有所为？

人生价值，在有所作为，昨天，如雷锋所说“把有限的生命投入到无限的为人民服务之中”。今天，是漫漫征途，惟有奋斗，为中国人民谋幸福，为中华民族谋复兴。人到老年，身体尚好、精力充沛，是否可以继续奋斗，为人民做事呢？道理上没问题，实际呢，各种规定制约（自然是必要的），路径狭窄，问题甚多。我有一策，即深化志愿者内涵，扩大志愿者队伍，多种路径、多种形式吸收老同志特别是理论素养好、富有专业技能和社会服务经验的老同志参与乡村振兴、社会建设、生态文明建设、红色文化建设等事业，以充分调动老同志的积极性，促余热生辉，也体现人尽其才、才尽其用的古训。

落实老有所为，当然是一件复杂的事情，繁琐的事情，但为了满足老同志的美好而合理的愿望，有关部门和单位，基层社区等，不妨尝试探索，开始可以在志愿者上做做文章，取得经验再扩大实验。老有所为与老有所养、老有所乐是一个系统工程，缺了这条腿，老同志养的无聊、乐的没趣，终不会是一篇锦绣文章。

2021.8.16

闲人小议

退休之人，多以闲人自居，“哎呀，闲得我无可如何！”真的如此吗？也未必。那些病歪歪的，连楼都下不了的，另当别论，而许多人特别是刚刚退下来的，其实忙得不得了。

明明比上班时还忙碌，为什么却总说闲呢？这使我想到上大学时，每临考试，总有人嚷嚷自己没复习好，没考好，可是，发布成绩时，他们往往名列前茅。放烟幕而已。但为什么呢？

闲人者，赋闲之人也。再忙，终是闲人。然有些人不甘寂寞，非要弄出些动静不可。前些年，这个学会，那个协会，哪怕是“山寨”的，也要挤进去，呼风唤雨，风头出尽，不肯退出历史舞台。一次，在电梯里遇到某公，并非没话找话，“现在还得忙，非让我当这个会长不可……”

有的则忙另外的事情，东奔西走，穿针引线，乐在其中。也是电梯里偶遇，其酒气荡漾，面若桃花，“唉，没办法，人家有请，不得不去，隔三差五的灌，真是吃不消啊”。当然，也有别样的忙，诸如闭门读书、写作，已忘伏案辛劳；或出门演讲，飞去飞来，更多鞍马劳顿……他们也已赋闲，却“壮心不已”，从不说闲。

临末，我也糊涂了，这篇闲话，到底是议“闲”呢还是说“忙”？

2021.1.11

老年，并不遥远

“人生易老天难老”，这是慷慨的诗句，也是平凡的真理，而年轻人往往意识不到；大把的时光，他们可以随意挥霍。不要说年轻人，就是人到中年，两鬓飞霜，依然把夜以继日工作或娱乐当作常态，还要说一句“不知老之将至”。

须知，老年，并不遥远。譬如我吧，60 多岁时还东奔西跑，笔耕不辍，转眼 70 多了，做点事情知道累了，走起路来步子慢了，才意识到老了，而且一老，就近 80 了，断崖似的，恍如梦中。

老年人不服老，当然是好现象，应该点赞。但“过了”，就值得斟酌了。如 82 了，说自己是 28，属于“80 后”。有自信吗？老了，就是老了；一般地说，老年人就做老年人的事，总基调是心态平和，安度晚年。至于讲情怀，讲格局，可以照讲不误。倘逆行，“老夫聊发少年狂”，四处刷脸，争名逐利，就太没意思了。自然，老年人也应该受到应有的尊重，他们为共和国作出过贡献，脚下的坦途是他们用青春与热血开拓出来的。

而且，今天年轻，明天就迈入中年，后天就会重读“垂老别”，老年并不遥远。懂得这些，才会理解岁月的多情，才会正视时间的宝贵，才会深味生命的意义。

2021.1.22

★叶落归根

我与烟草

烟草之妙，惟身在其中方能领略，不妨一读大文豪朱自清的散文《谈抽烟》，自会品出味道。

我与烟草结缘，恰逢“文革”后期，下车间拜师学艺，热加工段夜半接班，师傅递过一支“太阳”牌香烟，半开玩笑地说“师傅教你吸烟，以后你供师傅烟抽”。于是，就算烟民了，那是 1968 年初秋，至今逾半个世纪了。

我与烟草友好，曾经平添许多快乐；一支香烟在手，可以缓解疲劳，可以冲淡寂寞，可以推动思考，可以助力谈兴；烟云袅袅中，口中吟诵清词丽句，案头推出锦绣文章……然而，烟草的危害也日渐明显，塞外高寒患气管炎，经常感冒；回到北京，学习、工作压力大，吸烟成倍增长，心肺都出现症状。还不要说开会、谈话，一支接一支地吸烟，人们私下的抱怨与不满可以想见。那么，自觉点，戒烟！为此，还找来一本《香烟——一个人类痼习的文化研究》，作者是个美国人，叫理查德·科莱恩，据说他写完这本书，就自动把烟戒了。我呢，这本书没有读下去，戒烟开始了。一年不抽，两年不抽，这成效都有过，最终还是惯性使然，继续吸烟。期间，家人说戒了罢，健康要紧；朋友说，戒什么烟，一辈子就这么点嗜好嘛。

年过七十，一天，我问自己，这么大年岁了，究竟想抽到什么时候？思想通透，问题就好解决了，何况于今吸烟与环境保护、公共卫生格格不入，这样，就把烟彻底戒除了。而不吸烟的好处则日日显示出来，空气清新，呼吸自由，脸色也好看了，而且并没有影响思考和写作……劝人戒烟，是费心而不讨好的事情，那么讲讲自己的吸烟与戒烟经历，也许对高龄吸烟人有所启示罢。

2021.8.14

说寂寞

有朋友转帖，说孤独好，我看了感觉心理上不爽。又一想，其实也不无道理，于是降格说寂寞。

孤独应该是寂寞的极致，说寂寞好也许会少惹人烦。我的一点比喻：寂寞是沙漠行舟，惟听单调的驼铃；是出海的渔船，尽观空洞的海风；尽管如此，忍受寂寞，可能有人会取得成就（平常人则可能会被漫长寂寞所销蚀，甚至吞噬）。与寂寞为伴，一要志存高远，二要心理强大，舍此就是唱高调。

重要的是，看寂寞从何而来？科研人员守望实验室，表面上“寂寞开无主”，实际呢，内心充盈，期待成功的喜悦；为官路上，坚守初心使命，全神贯注做事，心无旁骛，甘于寂寞，同样是内心充实，洋溢奋斗的欢欣。这寂寞值得赞美。

相反，因自以为与众不同，孤芳自赏，见着凡人不说话，标榜“成功者的寂寞”，这“装”则不足为训。

而我等俗人，却害怕寂寞，更拒绝孤独，无论实况还是心理；人间多坎坷，命运亦无常，总是多一些往来，多一些欢聚，多一些快乐好吧。寂寞的时光，只有在工作时，攀登时，有意义；而讲“烟火气”，讲人生喜乐，还是婉拒寂寞为好。

2021.8.30

腰疾

天凉了，腰腿不大好的朋友该不安了。我的腰有毛病，几十年了，犯病时好难活，大半是因为着凉引发的，自己不注意，自食其果。

慢慢的知道了，周围患腰疾的朋友还不少，就是腰椎间盘脱出，简言之“腰脱”，常见病，却不易治好。有一段时间，医院门敞开着，——拍片之后，两字儿：“手术”。记得我犯病时，到处求医，一般都是建议动手术，还有个冠冕堂皇的说词，“可以提高生活质量嘛”。须知任何手术都会有风险，腰椎、颈椎手术，一旦失当，那就不是一般“疼痛”的问题了。而且每个人有每个人的情况，并非手术可以解决一切。这样关口，考验患者的时候到了，以我的经验，还是不忙做决定，还是多听听、多想想，“保守”些不是缺点。

说起来话长，为了治疗腰疾，我几乎走遍了京城大小医院，也拜访过一些在京和来京的所谓“专家”，以及民间高手、江湖“医生”，实践证明，有的为骗钱，有的为沽名钓誉，总之，说得天花乱坠，吹得神乎其神，结果都不灵。

惟两位医生的话，令我难忘，且心存感激。一位是北京一家大医院骨科大夫，在我三四十岁时去就医，他说这病没有什么彻底解决的办法，还是保守治疗为上，建议您平时注意，一不要提重物，二不要让腰着凉，特别是换季的时候。另一位，是北京一家著名医院的脊柱专家，一次住院治疗，出院时，他锦言相告，“看来，你（腰疾）还能恢复，就这样保守治疗，年纪大了，以后不管谁忽悠你，都不要做手术”。由此，我的建议是，患“腰脱”的朋友，不到万不得已，不可不假思索地决定做手术，还是保守治疗为上。您看我三四十岁就为“腰脱”困扰，年轻时犯病严重到直不起腰，扶着墙走路。现在自己留意，就少犯病，病了，卧床几日，加热敷，渐渐的也就好了。

有病乱投医，是社会常态，可以多走几家医院，但是，最后拿主意还是谨慎些好。

2021.8.28

说“医嘱”

医生是菩萨，是天使，医嘱最重要，遵医嘱“必须的”。我这人行事从来循规蹈矩，对医生的话一向言听计从。

现在年纪大了，凡事总爱来个逆向思维，仿佛变得有些世故，对医嘱也不那么盲从了。举个例子：（说起来不雅）不知什么时候，脚底长了湿疹，不痛不痒，但一想起心里就不舒服，——不完美啊。于是，看医生，第一次，医生 A 让我描述一下病况，却不肯看我的脚（我还提醒医生，来时刚刚洗过），也不知诊断为何病，然后就开药，说一天涂两次药。第二次去，在我的请求下，B 医生屈尊扫了一眼，说皮质性湿疹，又开药：回去抹了用塑料袋扎起来，一小时后解开。第三次去，C 医生心情不错，主动提出看看患处，然后提出，抹药后用保鲜膜把脚裹住，两小时后可以解开。第四次，D 医生听我说几个月了，也不见好，以为怪可怜的，又认真看了看患处，说晚上用保鲜膜裹上，套上袜子睡觉，次日洗去，晚上再抹再包再穿袜子睡觉，日子久了，会好会好。再去，E 医生说话了，怎么能不好？听说脚底有皴裂，她仔细观察一番，发现有血迹，不无责备地说“睡前总要洗澡或洗脚吧，趁湿抹药就不会裂了”，我忙着回答“洗的，几乎每天都洗澡呢”。不久前最后一次去该院皮肤科，F 医生耐心帮我分析治疗情况，说湿疹湿疹，怕水呀！治疗期间，尽量不要洗脚洗澡，尽量少喝水，不要熬夜，不要久坐，——

您想，久坐，身体里的水就要往下走（可以把腿平放），那怎么能治好呢（此处应该有惊叹“唉呀妈呀”，随后是哄笑声）？！

还要不要再去这个医院皮肤科看医生呢？我已陷入困境，进退维谷，灵魂深处莫衷一是。

2020.12.29

再说“医嘱”

严肃点。

一般的皮肤病，怎么治也出不了大格，离“心”远着哪。现在说离“心”近的，或就属于心脏部分，譬如心脏的传导组织出毛病了，也发生在我身上，又要看医生、听医嘱，期间仿佛生成历险的感觉。

记忆力不好，大约两三年前吧，一次与几位老同事小聚，一时无聊，不知谁先测血压，于是大家轮流测起来（也可以读扯起来），轮到我，脉搏 40 多，老来众人都通医术，举座大惊：快，送医院，不要耽误了。这样，就打车把我送到医院。医院急诊室大夫护士一阵忙乱，听诊器，心电图，抽血，把我放在一间屋子里候一两个小时，等检查结果，然后，医生平静地与我谈话“住院吧，早搏比较严重”。那就住罢，反正我也闲着没事儿，就不回去了，给家里电话打过，让人到家里取些生活用品就齐活了。

凡住过院，都知道有一套流程，这里就不叙述了。单说第二天早上，主治大夫（专家）来查房，不能说前呼后拥，也是颇有几位跟随，主治大夫说话了：据入院检查，你早搏比较重，传导组织的问题，“房早”，其位置很好，教科书式的，可做射频消融手术，彻底解决。准备一下吧。我说，昨天下午刚入院，对手术没有精神准备。“那考虑一下吧”，我好像还有话要说，她转身走了，我怅然若失，多少有些慌乱。随后，来了一位大夫，看来是专司手术的，问了我一些情况，诸如有药物过敏吗，云云。经反复考虑，决定不做手术，采取消极治疗——服药。

医生充分尊重我的意见，没有劝说，更没有诱导，于是我躲过了这场所谓“小”手术。

医嘱来了。大夫说这药对症，先减量吃两周，然后门诊背“号特”，查早搏情况，再加量用药。

手术不做，避风险，用药就不会有风险吗？不可天真，不可天真。

2020.12.29

续“再说医嘱”

关于看医生、说医嘱的事情，本来不想再说了，大抵因为：1. 生活常态，医生有医生的情况，大家都不容易，说多了，好像又是什么医患矛盾，——不好，不好；2. 可能医生有医生的道理，他（她）是想彻底解决问题，为你好；3. 朋友问了，“不说看病了？”也是，不说了，为什么篇末要标示“待续”呢。

那么就续——话说因治疗早搏出院，服药两周后，到门诊看医生，这位医生仔细问过治疗情况，服药情况，用听诊器前后左右听了听，只说了句“治疗太积极了”。然后告诉我，不忙背“号特”，那药也不要再吃了，改吃常用药“倍他乐克”（早一粒，晚一粒）附以“潘南金”，两周之后来就诊。后来，倍他乐克又减为一粒（早晨服用），随着时间的推移，一来二去，病情逐渐好转，到现在已完全没有早搏的症状。对这位严姓医生，我心存感激，无以言表，其医术自然是高超的，经验是丰富的，更令我敬重的是他的仁者之心，设身处地为病人着想的仁爱之心、仁爱之情！

所谓过度治疗，对于医生来说，并非有意（大多数情况下），我们宁肯这样看，这样想。当然，也不排除有个别人责任心差，或医术一般化的情况。

讲到这里，我不由得想说，无论如何，医生仍然是菩萨，是天使，是充满仁爱之心的亲人；医嘱，当心些，我们奉若神明呢，不要扯什么医患关系、医患矛盾，我们都是朋友，都是亲人，让仁爱之光，照耀我们的人生之路吧！

2021.12.30

包好

今日去医院体检，护士称“查体”，可以看到，通过学习教育，许多科室医护人员对待就诊的，态度更亲切了，服务更周到了，专业精神发挥得更充分了，让人感动得不断地说“谢谢”“谢谢”。

态度好，服务好，重要的应该是，如毛主席称赞白求恩所说的，“对工作的极端的负责任”，“对同志对人民的极端的热忱”，“对技术精益求精”。这是高标准，又是基本要求，不然怎么配得上白衣天使的美誉呢？

查体，一站站下来，感动之余，也碰到令人叹息的情况。大半年来，我为脚底湿疹所困扰，大夫过了几位，这里的药也几乎用遍了，却总治不好，前些时已辗转到“空总”医院治疗。今天呢，查体的医生看了一眼之后，口吐莲花：这个……简单，晚上睡觉前用“凡士林”厚厚地抹上，然后用保鲜膜裹好，早上洗去。抹一段时间就好了。我不禁想到，有自信固然好，自信过头了，这不问来龙去脉的“包好包好”，仿佛鲁迅先生小说《药》的语言，着实令人诧异。我呢，也只好装傻，不发一言。

对医生，我从来崇拜有加，对医嘱从来奉若神明，但愿不要因为今天的“包好包好”而动摇我对医生对医院的尊崇与信赖。

人一老了，往往讨嫌，这些话也不知当说不当说？

2021.6.11

第六辑

为文之道

说话儿

我这人自孩提时代起，就不会说话儿，或曰“不会聊天”，因而不太讨人喜欢。想改变，也难，以为性格使然。

有时也琢磨，人家为什么会说话儿？性格开朗，见人爱搭话，此其一；知识面宽，见面有的说，此其二；懂心理学，知道人家想什么、爱听什么，此其三；基因好，家庭环境熏陶，爹妈会说话儿，此其四；再有，就是工作需要，或环境要求，不会说话不成……

语言是社会交际的工具，会说话儿是人生所长。会说话儿敢情好，令人羡慕。所谓人要有趣儿，显然包括会说话儿，为人木讷，少言寡语，“有趣度”难免会打折。

会说话儿绝非话痨，存心用涛涛口水陷人以灭顶之灾；也不是攻于心计，为谋一己私利，巧言令色，黑心设套。为人正直，心地善良，聪明伶俐，再学会“说话儿”，那就完美了，人见人爱了。话又说回来，“完美”，谈何容易？

2021.1.25

写字儿

为破除作文的神秘感，老师们常说，作文嘛，不难，口中怎样说，笔下就怎么写啦。话是这么说，其实二者只是近似，并非等同。

说话是口头表达，作文是书面语言，怎么能完全一样呢？说话可以海阔天空，跑题儿了，再收回来。文章千古事，立意高远，谋篇布局，遣词造句，自然也可以涂涂抹抹，但毕竟有一种庄严，一种不苟，一种说不清道不明的情愫，多少还要讲一点语法修辞什么的。

当然，更重要的是要有思想，所谓意在笔先，而文章主旨的得来，即活泼的思想，应该是理论与实际的结合，这样文章才会托起灵魂。毛主席曾引用古语“心之官则思”，说明思想、思考、思辨的重要，说明诸事“多思”的必要。关于写文章，记得他老人家批评那些思想懒汉、八股腔调、形而上学、形式主义的货色，诵出千古名句：“灵台如花岗之岩，笔下若悬冰之冻！”

会说话儿，还要会写文章，全面提高我们的表达能力，以适应新时代“漫漫征途，惟有奋斗”的需要，也实现一己的全面发展，这该多么好！

2021.1.25

讨巧

学会写文章，无疑需要下笨功夫，由浅入深，循序渐进，功到自然成。不过，也可以讨巧，求事半功倍之效。

有位老朋友数理化出身，不能说不通文墨，但写文章毕竟不是他的长项。一次，他教导说，写理论文章，没什么难；找来一篇大块文章，分解一下，仿佛模具，把你要写的内容逐一添进去，就齐活了。大意如此。别人学话给我，初听，以为说笑，稍微琢磨，不禁感到悲哀。从事思想理论工作，这样指导别人写作，未免有些轻狂。

自然，写文章，讨巧一些，讲一点文章作法，以求所谓事半功倍，也是可以的；前提则是为文言之有物，平时勤于调查研究，多看多琢磨，多写多提高，所谓久久为功，进入自在境界。

须知，文章是观点与材料的统一，观点正确、材料可信，加以辩证思维，量体裁衣，决定文章样式、结构、风格，等等。简单地模具化，失去科学的分析与综合，文章也就失去内在的逻辑，失去生命，沦为空洞的花架子。讨巧与套路，并非一回事啊。

2021.1.25

四段论

记得列宁说过，谁有什么病，就总说这个病。说到作文“讨巧”，我有一个方子，叫“四段论”。

所谓四段论，与中小学老师教的“三段论”相仿佛，即凡说明文，一概安排四个段落，也是起承转合，有别于三段论，也就有别于中小学生，为升级版。

起，提出论点，可以是横空出世，直接立论，也可以以某种现象为由头，论从“事儿”出，提出问题，亮明观点。承，可以是正面阐述论点，也可以分析问题产生的原因，思想根源、社会根源、历史根源。转，解剖问题造成的危害或不良影响，指出解决问题的必要性、迫切性。合，提出解决问题的办法、措施，也防止空洞的说教。这四段，是基础，倘拉长六段、八段，均为这四大段落的延伸与发挥，只要不刻意“添足”，都是四段论所允许的。走出三段论，就是进步，四段论为基础，求新求变，更应鼓励。如何？是否有参考价值？

2021.1.26

读书

读书，读图，读碎片，关于看书学习，这些年种种议论，让人生发联想。

读书吧，书籍是人类进步的阶梯，读书使人充实。这类劝读听多了，我就会产生一个奇怪的联想：养狗吧，狗是人类最忠实的朋友。读书的种种好处，谁人不知，哪个不晓？有条件的，可以窗明几净，坐着或歪着，一卷在手，思接千载，或放眼八荒。然而，芸芸众生，怎么可能人人正襟危坐，抱着大厚本著作，焚香读书呢？

感谢手机与网络的发明与普及，有了碎片化的知识点和短视频，从此普通老百姓、农民工、环卫工人辈也有了看书学习的方便，从中发现了学习和娱乐的趣味。

多少年前，就有人预言，社会即将到读图时代，当然，现在还没有到来；然人们读图的兴趣与日俱增，——太忙了，至少在岗的中青年朋友，倘诸事都可以以图知会，以图完成，以图交际，那该多么惬意！君不见大小城市，屏幕处处可见，刷屏每日功课，大约距“读图”时代不远了。

看书学习，方式多样，强调本来意义的读书，倡导系统化看书学习，无疑是对的，但也不要鄙视所谓“碎片化”知识，那样，我们的阅读圈就可能萎缩，而且论者也许会不知不觉中滋生莫名的优越感……

提倡读书，鼓励阅读，是一件好事，也是一件大事，防止简单化，承认多样性，多一些包容，也许不无道理呢。

2021.1.27

朋友圈作文

写微信，朋友圈发文，说容易，也容易，说难，其实也挺难。先说主题，凡起笔，总会有个主旨，无主题音乐是不存在的。主题嘛，总应该是积极的，充满正能量，也应该是鲜明的（虽然有时不免有曲笔）。朋友之间唠家常，扯闲篇，非得有个主题，不难吗？须知，说是“朋友”，称兄道弟，然好大一个群，说话能不考虑影响吗？

再说表达方法，张嘴说话不难，说得大家愿意听，入情入理，愿意交流，相互受益，就不那么容易了。如果再追求一点修辞效果，什么恰当的形容、贴切的比方，什么“天下文章数浙江……”顶针笔法，或把文字揉得温婉些，闪露温情的笑容，就要再付出一些努力，花费一些功夫。青春长伴还好说，而如我这般年迈之人，手一抖（虽然还没有帕金森），图发出去了，文还没贴上，或还没来得及写，就“发表”了，岂不多尴尬？

话说到这里，就该收尾了，无论如何，文字长了总会让人生厌；当然，短了，言之无物，也不好。总之，朋友圈作文，挺好的，深了，浅了，无所谓，大家是朋友，只要冒泡就好！

2021.1.13

写不长

今日夏至，一年中白昼最长的一天，随后则一天天变短（自然，是渐渐变，一条线一条线的变化）。说到作文，惭愧之至，我素来写不长，短短短，为什么哪？

一是自幼人前拘谨，不善辞令，一来二去，就木讷了；作文形同说话，就没多少词儿了。二是读鲁迅多了，行文崇尚简洁，凡举笔，过两千字就没有耐心进而烦躁有加。三是作文不会用材料，所谓文章乃观点与材料的统一，只列观点，或为着观点分析来分析去，篇幅终长不了，而材料配置好了，文章自然会丰满。听过某公的讲座，观点密集，而少材料，脑子转啊转，有张无弛，听得很累，尽管佩服他的学问。这第四个原因嘛，就有些不恭了，我一贯讨厌长文，讨厌那种如鲁迅所谓把“速写”拉长为“小说”，如平常我们时有所见的，那种把别人的观点摘除则空洞无物、借以吓人的大块文章，或长篇讲话；有那么多真知灼见吗，哪怕只有几毫克，给人以惊喜或欣慰的东西？大尾巴狼太多，而真学问人嫌少，一些人为什么总喜欢装腔作势，故作多情，游弋于各种化妆舞会呢。

文章可长可短，一如冷兵器，有马上长枪，也有短兵相接，为国为民的重要讲话重要文章当然长篇需要，而民间烟火，市井交流，或基层乡村振兴话题，则短文短话为好，道理很简单：忙啊！

没工夫听您拦路絮叨，没空闲听您读大块。

自己写不长，就说人家长话长文的闲话，该不是吃不到葡萄说葡萄酸罢。也难说。抱歉之至！

2021.6.21

天天写

既然有过路君子喜长篇大套，以为风雅，以为有学问，以为过瘾，那么，作文的长与短就不论了，这里说说天天写。

俗话说，“拳不离手，曲不离口”。凡事贵在有恒，持之以恒。在我，自少小就喜欢写写划划，求学时期自然要经常动笔，参加工作更是以写作为主要营生，写写写，不同内容，不同文体，不觉写了大半辈子，应该是有恒了，那么，老来还要继续写写写吗?

还要写。倒不是为了体现家国情怀，更不是为了立言于世，多是为消除寂寞，兼以防老年痴呆，遛脑而已。当然，文字有趣与否另说，不忘体现正能量。

天天写，挺难。毕竟是凡人一个，几乎写了一辈子，老也老了，对文字难免厌烦。但要写，重大题材是无缘了，那么写凡人小事，写烟火人生，写寻常感受，也写一点如烟往事……于是就有了去年冬天开始的，在朋友圈中书写的四季流萤：冬日漫笔、春天笔记，以及现在的夏日絮语。秋季还没到，总会寻个合适的栏题。

写作之难，在题目的选择。不在岗了，又要经常写，又要使大家感兴趣（或曰与人有益），又要正能量，选题就须耗脑筋。一旦写起来，虽然不须正襟危坐谋篇布局，但总要讲点逻辑，有点分析，遣词造句呢，也多少要有所留意。总之，这努力，也希望得到鼓励呢。天天写，也是一种修行（有朋友喜欢说修行）；通过潜心写作，剪除人生烦忧，养吾浩然之气，自我提高，自我革新。所写文字恰心香一瓣，与朋友分享生活之美、奋斗之美、人生之乐，岂非善莫大焉。天天写，还会集腋成裘，年终岁尾回眸，想到这一年又没有白过，大可聊以自慰。老年朋友，天天说不如天天写，让我们相互勉励，多留下一些岁月的轻歌！

2021.6.21

微文

微信作文（可称微文否），书写史上从来未有之便捷，实在是人生一乐事。

且看，这里有发现美食、分享快乐的，有花草辨析、拾取新知的，有诗画欣赏，彼此交流的，有鱼雁传书、表达友情的，有打磨思想、抒发新论的……刷屏即是刷世界，刷屏即是刷人生，高天厚土，海阔山遥，文史哲经，学问百家，世事洞明，人情练达，妖魔神怪，亦庄亦谐，这五光十色，让人怎能割舍？

微文写作，其实大有讲究。我有三愿：一是内容健康，新颖，有趣。所谓读来饶有兴味为上。二是行文简短。不要怕人家说“碎片化”。须知，喜大块文章，请去纸媒研读。三是语言明白畅晓，尽量新鲜活泼。语言艺术，非一日之功，不可标准设得太高。

一己的愿望，终不过是愿望而已。大家写来写去，总会闯出一条原创微文写作理想之路！

2021.6.6

词，词语

有些词，有些词语其貌不扬，却颇为风光，诸如“结合”；理论和实践相结合，马克思主义和中国革命实践相结合，简直是“结合”的极致。再如“推进”，统筹推进“五位一体”总体布局，协调推进“四个全面”战略布局，同样用到了群山之巅。这类词汇在政论体文字中使用频率之高，说明没有其他词语可以替代。

有些词，有些词语呢，比较生活化，简直出神入化，往往让你意想不到，诸如“躺平”“帅呆了”“酷毙了”，形象，意象，都有了，而且字数节省。“旖旎”“温婉”“缱绻”，从发音到意蕴，都是那么讨人喜欢，那么“文化”。

词，词语，贵在变化，老一套可能会行稳致远，但不免缺乏新鲜感，而变化，也不可能收到一劳永逸之功效，你看，现在谁还稀罕“帅呆了”“酷毙了”？就是“躺平”，大约也不会流行多长时间。

词语丰富，是提高表达能力之需；学习语言，增加词汇量、选用新词，途径有二，一是从古典中提取有生命力的词语，一是从现实生活中，向群众学习。有趣的网络语言当然可以参考，但也须加以辨识和提炼，并非捡到篮子里都是菜。

语言这门学问啊，深不可测，又魅力无穷。人，愈到老年，愈喜欢琢磨词与词语；闲来无事，我就常琢磨这些，可惜微信“纸短”不能“有话慢慢说”，就此打住，再聊。

2021.7.8

两则顺口溜

我记忆力不好，随着岁月流逝，许多有趣的东西都忘记了，然而有两则顺口溜至今记忆犹新，想给朋友们说说。

一则：“桃花开了杏花谢，谁给梨花做满月？”多美！源于燕地的谚语，讲的是北京地区的花事，春天里花儿次第开放，先是杏花，随后是桃花，然后是梨花，梨花开过，花事就冷清了，零落了，谁来给梨花“做满月”，吃满月酒呢？此语采自北京郊区，1963 年我在人民大学读书，下乡到房山交道公社，前后一个多月，围绕学习宣讲农村社会主义教育“前十条”开展调研，写村史、家史……

另一则，“天下文章数浙江，浙江文章数钱塘，钱塘惟有家兄好，我给家兄改文章。”话语之妙，宛若天成。这是著名的逻辑学教授王方名先生给我们上形式逻辑课时，讲的一个段子。自大如此，却也不无理由。浙江人写文章不是天下驰名吗？但是，以为自己是天下最会写文章的，则不免自恋异常，让人生厌。

这两则顺口溜，从内容上说，风马牛不相及，表现手法也风格迥异，而从来源看，都不像文人手笔，非典型书面语言，至少“初见”于民间口头语言。莫言顺口溜，实在不简单，状物、叙事、说理，均见功力，且不乏幽默感。

说到这里，我又怀念起 1960 年代的大学生活，而王方名老师言谈举止的亲切，朴素和睿智，仿佛就在眼前；还有北京房山早春时节，彭明老师声情并茂地诵读他为村民写的那篇韵文“家史”的情景……

2021.1.12

谈说

“谈说”这个词，最初我是从何其芳的诗文中看到的，因为课本里没有，浏览报刊也没有印象，以为是何其芳先生的创造（如诗人李瑛的创造“阔笑”一般）。老来有闲，这里翻翻，那里看看，才知道“谈说”这个词古已有之，《庄子》中就有“辩士无谈说之序则不乐”。不知为什么，我特别喜欢“谈说”这个词，尽管其含义不过是谈论、议论、叙说，与“谈”或“说”差不多，并无新解，但我感觉这个词温婉而柔美，别有一番滋味。该不是因为读过何其芳那首诗《我想谈说种种纯洁的事情》的缘故罢。

何诗文字比较长，否则我在这里全文推出。“我想谈说种种纯洁的事情，/ 我想起了我最早的朋友，最早的爱情”，诗是这样开篇的。“地上有花，天上有星星。/ 人——有着心灵”。他曾和最早的朋友在草地上，在星空下，谈说“我们的未来”；他曾沉默地爱着一个女孩子，喜欢为她做着许多小事情。“啊，时间的灰尘遮盖了我的心灵，/ 我太久太久没有想起过他们！ / 我最早的朋友早已睡在坟墓里了。/ 我最早的爱人早已做了母亲。/ 我也再不是一个少年人”。然而，“世界上仍然到处有着青春，/ 到处有刚开放的心灵”“我想对你们谈说种种纯洁的事情”。这篇 1942 年发表在延安《解放日报》的诗歌，至今仍闪烁着人性的光辉，呼唤着战斗的青春。何其芳先生虽然谢世多年，他的诗文长在，浸润着我们的心灵。

2021.8.26

“雄关漫道”与“停车坐爱”

读古典作品，不可望文生义，以防止误读，闹出笑话。

譬如，毛主席诗词《忆秦娥·娄山关》中“雄关漫道真如铁”，这“漫道”，不乏有人解读为道路漫长，仿佛与“雄关”相契合，其实谬矣；这里“道”非道路，而是“说”的意思，“漫道”，即“漫说”“不要说”，字面解释，不过如此。

同样，杜牧的诗《山行》“停车坐爱枫林晚”句，有人解读为“停下车来，坐着看傍晚枫叶的景色”，其误读的关键，在于对“坐”字的解释，这里，“坐”非起坐之坐，而是虚词“因为”的意思。

对旧体诗词，我知之不多，更缺乏研究，但日常生活中欣赏也好，引用来点缀文章也好，宜小心从事，防止误读，尽量减少乃至杜绝种种望文生义的现象。

2021.1.28

花花草草

每天写点文字，多么好。只是题目难选，指点江山，说实干兴邦，咱不在岗，应该没有话语权；论盛世乱象，针砭时弊，又怕调查研究欠缺，容易产生片面性；谈理论学习，唯恐自身学习不够，难有新意，与人无补，如此这般，只好另寻路径。

既然不能宏大叙事，那么就种些花花草草，给奋斗者长途跋涉以栖息之地，添生活牧歌；有时也许会冲动一下，介入激流发出呼号，或偶尔出离郁闷，引吭高歌，一试锋芒……

疫情的阴影，不觉一年了，画地为牢，深居简出，既远离人群，也远离山水，如歌里唱的“有谁与我同醉”，为我化解这无形的积郁？春天的花朵就要次第开放，这文字编织的花径正可任由我们徜徉其间。

2021.1.29

魅力

魅力，可以表现一个人，也可以张扬一个地方，总之，是一个好词儿。

一个人的魅力，从何而来？容貌，姿态，谈吐，还是为人处事的风格与境界，与众不同、为人们所钦佩，这些当然都有关系，但这多是外在的，外化的；而所谓魅力四射，总该是由内而外，由内在的思想、素养、情感等引发。因此，当我们倾慕一个人的魅力，不能停留在欣赏或痴迷他（她）的帅气或美貌，雄健或轻柔，洒脱或优雅，也不能停留在赞美或依恋他（她）的娴于词令或用语婉约，步履沉稳或来去轻盈……重要的，是深入其内心，体会他（她）的学养与经历，思想的高度与作风的纯粹，以及情感走向与性格养成。这样，我们就可以由人及已，认识和激发一己的活力、魅力，进而去影响其他人，大家共同努力，使所在的部门或单位成为魅力四射的地方。

2021.8.25

读路遥

说到当代作家作品，我最欣赏的作家之一即是路遥，我最叹服的小说作品即是《平凡的世界》。路遥说过，人生是悲凉的，其感叹并非意味对人生取悲观态度，而是体现路遥对人生的深深的洞察与感悟，其用意恰恰是积极的，激励人们敢于直面人生的重负与苦难，进而以坚韧不拔的精神迎接挑战，如他的煌煌巨著《平凡的世界》主人公所持的生活态度，勇于奋斗，收获幸福，创造美好的未来。

2021.2.5

公刘的诗

公刘的诗，曾经“王炸”我们的青春岁月，你看——

天安门前，焰火像一千只孔雀开屏，
空中是朵朵云烟，地上是人海灯山，
数不尽的衣衫发辫，
被歌声吹得团团旋转……

整个世界站在阳台上观看，
中国在笑！中国在舞！中国在狂欢！
羡慕吧，生活多么好，多么令人爱恋，
为了享受这一夜，我们战斗了一生！

收看庆祝中国共产党成立100周年大会盛况，凝视天安门广场的欢乐景象，我忽然想到诗人公刘写于1955年的著名诗篇《五月一日的夜晚》，心中说这首诗就是今天拿出来，依然会引起我们的共鸣！“为了享受这一夜，我们战斗了一生”，这应该是喊出了无数革命者，我们的先烈先贤的澎湃心声！也会激动今天成千上万新时代青年的血脉！

还有，《上海夜歌》——

上海关。钟楼。时针和分针
像一把巨剪，
一圈又一圈，
铰碎了白天。

夜色从二十四层高楼上挂下来，
如同一幅垂帘；
上海立刻打开她的百宝箱，
到处珠光闪闪。
…………

在我习写新诗的路上，公刘，是继贺敬之、郭小川之后，给我深刻影响的诗人，他的诗作视野宽广、想象奇特、表达简练，虽色彩丰富，语言却不饰雕琢，极富冲击力，读后印象深刻，难以忘怀。

历史的天空，星光闪耀，过往的诗人若星河流淌，照耀着我们的心灵。让我们记住他们为中国文学发展作出的贡献，更记住他们对党和人民事业的忠诚。“生活多么好”！公刘的话语，也表达了我们对新时代中国特色社会主义的由衷礼赞。

2021.7.9

别样的发刊词

闲来翻书，《头版头条·中国发刊词》厚厚一大本，自购得就没怎么读，今天发现其中一篇蛮有趣儿，不妨介绍给大家。

这是《大众画报》的发刊词，该刊办得如何，这里不深说了，单讲这发刊词的有趣。你看，开篇就说“世间一切动物，凡是有一张嘴的，要饮要食，除此以外，更要说话。鸟啁啁而言，鸡喔喔而言，马萧萧而言，蛙咯咯而言，至于我们人类，就应该侃侃而言”，须知这是发刊于1933年的文字，竟写得如此通俗、平易、亲切，作为当时的文化人，实为难得。

而且，似乎有自知之明，说“我们今日为什么不谈政治？因为政治是一种专门学问，自有专家来谈，以我们的浅陋，实觉无从谈起。我们也不谈风月，因为遍地烽烟，万方多难，以我们的鲁钝，亦觉不忍再谈”，而“谈一点有益于日常生活的东西”，就算为刊物定位了。

寥寥数百字的“发刊献词”，写得饶有兴味，可惜由于该刊曲解政治，标榜所谓“不谈政治”，必然远离时代生活，也就远离了大众，余下的惟象牙塔里的清谈，刊物勉强办了一年多，就寿终正寝了。

2021.8.25

纸短情长

微信作文，短小为好；朋友都忙，世事纷纭，有的难免心烦，写长了，不一定有耐心读完。短些，主旨集中，扫一眼也就明白了。这种交流何其便捷！

情呢，情长而纸短，热烈也好，温婉也好，深情厚意的表达不在长篇大套；关爱与嘱咐尽在举手投足之间，总之，白描，写意，言简意赅，更显朋友相处之“不见外”。

这样，还有一个好处，就是可以克服凡事从头说起的表达习惯，凸显主题，拣紧要的先说，要言不烦。语言的训练，反过来会影响思维方式、办事效率的变化，不信试试？

2021.7.13

发表

有人好奇，或曰关心，问我："为什么看不到您在报刊上发表文章了？"原因很简单，——老了，已过了"出将入相"的年龄；退休多年，各种学会（协会）都不能参加了，哪里还好意思问津文章大块！

发表，天地有大小之分，也有内外之别，我呢，就朋友圈了，也别论产量，时有所见就好；或有感而发，或尽责而发，或遛脑防病而已；朋友圈嘛，范围不大，讲得好，有益于朋友；讲得不好，纠错容易，不会有什么大的社会影响。您说呢？

说起来，如今写大块文章也真不容易：一要学习勤奋、认真，学而思，有新意才写；二要精力旺盛，才思泉涌，钉在椅子上几小时，敲击键盘，且乐此不疲；三呢，就是有自信，不自欺，叙事实事求是，文论合乎逻辑，最好给人以新意，新意迭出就更好了。至于个别学习乏力，"灵台如花岗之岩、笔下若悬冰之冻"，因一点虚荣，不肯退出舞台的老先生，还是少占报刊版面为好。

发表，媒体，自媒体，朋友圈，到处有园地，只要正能量、守规矩，能者多劳，多贡献精品，大家都高兴。

2021.7.27

求解

一个题目，拿起又放下，放下又拿起，几番不能开篇，即毛主席《论持久战》中的“兵民”二字作何解？

兵民，作为该文一章的标题“兵民是胜利之本”出现的。通读这一章，联系其他章节，觉得这里讲“兵民”，主要是通过分析国情和战争形势，以对政府军队、民众现状的分析，指出军队和民众的团结与进步，全军全民广大的政治动员，等等，是支持战争、最终取得抗战胜利的最基本的条件。文中最有名的一句话，“战争的伟力之最深厚的根源，存在于民众之中”，与“兵民是胜利之本”一起，至今镌刻在我的记忆里（但当年专业课老师对“兵民”的讲解已记不分明了）。这样看来，“兵民”就是说的军队和民众。上网查查，也是士兵和民众的意思。然事情并没有完。记得大学教现代汉语的老师，讲名词动化，举例就有这“兵民是胜利之本”，这里“兵民”是武装民众的意思。这样理解，就应该是武装起来的人民群众是胜利之本，自然符合毛主席人民战争思想。如果再想查字典，就费劲了，“兵”的解释没有动化的意思（词书如此），“兵民”更无从查起。

我的问题是，“兵民是胜利之本”中的“兵民”究竟怎样理解才周全呢？

2021.8.2

写短文

冰心先生晚年有篇散文，叫《话说短文》，通篇不过几百字，却传达出文学前辈的仁爱启迪与古今为文的要义，读了深受教益。

冰心说，“也许是我的精、气、神都不足吧”“读一本刊物时，也总是先挑短的看，……最后才看长的”。她的话语之“真”，让人感到亲切，我们这些年纪大的人，看东西往往如此。

随后，她鼓励人们写作要有真情实感，提出“当由一个人物，一桩事迹，一幅画面而发生的真情实感，向你袭来的时候，它就像一根扎到你心尖上的长针，一阵卷到你面前的怒潮，你只能用最真切、最简练的文字，才能描画出你心尖上的那一阵剧痛和你面前的那一霎惊惶”！这段文字，凸显了冰心为文的真与美，自然文字背后浮现出她温情似水的良善与仁爱。其中也蕴含着写短文的要义，即犀利地表达这真情实感，“只能用最真切、最简练的文字”。

文末，冰心提出，我国是有写短文的文学传统的，她以《古文观止》为范例，并例举杜牧的《阿房宫赋》、韩愈的《祭十二郎文》，指出这千古美文无不短而充满真情实感。还说，今人巴金的《随感录》，也是一个实例。

斯人已去，言犹在耳。冰心先生关于为文要充满真情实感，关于传承写短文的文学传统的教诲，我们该深长思之，并付诸实际才好。

2021.8.17

读《秋声赋》

刚刚立秋，人们就迫不及待地谈说秋之美，秋声，秋色，秋之趣，秋之况味；暑热加疫情起伏，的确有些烦忧，也许金风过处，“肃杀”之气可以扶正祛邪，壮我襟怀？

古典散文唐宋八大家之欧阳修，写了《醉翁亭记》，又作《秋声赋》，想来他历宋代官场浮沉，胸中不乏沉郁，于是寄情山水，发天籁之声，留下千古美文，让我们分享至今。古代文人雅士素有“悲秋”积习，不足为训；大宋秋夜，“初淅沥以萧飒，忽奔腾而砰湃，如波涛夜惊，风雨骤至。其触于物也，纵纵铮铮，金铁皆鸣；又如赴敌之兵，衔枚疾走，不闻号令，但闻人马之行声”，这里欧阳公侧听秋声、那秋声的独道描摹，读了就再难淡忘；文中，欧阳修老先生（其时才 50 岁出头）的肃然感怀与童子听了依稀若无其事，“童子莫对，垂头而睡”，而欧阳公“但闻四壁虫声唧唧，如助予之叹息”，这两相对照，令人多所联想，生发思辨。

有人说，今日读者读《秋声赋》，应该对照毛主席的《浪淘沙·北戴河》以及作家峻青的《秋色赋》一起欣赏，那语意十分明显，就是避旧时代文人的“悲秋”情绪，而焕发“萧瑟秋风今又是，换了人间”，这积极向上的情怀。此议自然绝好，但转念一想，其实也不必多虑；今天的青年，有时代精神灌注，其阅读品位与鉴赏力似不可低估。

写到这里，我笔下的秋声秋色，还没有写，然篇幅满了；再说，暑热还在招摇，秋声还不分明，秋色尚无踪影，那么，就未完待续罢。

2021.8.7

读《谈抽烟》

散文《谈抽烟》，在大文豪朱自清的作品里，仿佛有些不起眼，许多人不知晓。然而这篇文字，恰恰表现了作者伏案之时，偶然点染的一丝闲趣，又恰恰于“松弛”中显露了他体验生活之细致入微与化为文字的挥洒自如，实为先生偶得的妙文。

先生是吸烟者，否则难有这般体会；我曾经是烟民，且烟龄逾半个世纪，读了先生的这文章，感同身受，却不可能如先生那般笔下生花、刻画入微、妙趣横生，代入至美境界。

锦句例举。“抽烟说不上是什么味道；勉强说，也许有点儿苦吧。但抽烟的不稀罕那‘苦’而稀罕那‘有点儿’。他的嘴太闷了，或者太闲了，就要这么点儿来凑个热闹，让他觉得嘴还是他的。”“抽烟其实是个玩意儿。”“老于抽烟的人，一叼上烟，真能悠然遐想。他霎时间是个自由自在的身子，无论他是靠在沙发上的绅士，还是蹲在台阶上的瓦匠。有时候他还能够叼着烟和人说闲话；自然有些含含糊糊的，但是可喜的是那满不在乎的神气。”“好些人抽烟，为的有个伴儿。”“烟有好有坏，味有浓有淡，能够辨味的是内行，不择烟而抽的是大方之家”。

朱自清先生经典散文甚多，《桨声灯影里的秦淮河》《荷塘月色》《背影》等名篇，为我们耳熟能详，有的锦句以至若干华彩段落，我们都可以背诵出来。惟这篇短文，许多朋友至今没有读过，找来一读吧，只是万不可因此而玩起烟草，倘那样，我则罪过莫赎。

2021.8.18

周到

孙女问我，冰心奶奶原名叫什么？——谢婉莹。我不假思索地回答。又一想，这是学生作业，可不敢答错了，毕竟很久没有谈说世纪老人冰心了。

恰好书架上摆有《冰心全集》，抽出第一卷，“出版说明”，“冰心先生是20世纪同龄人……”没有说明冰心先生的原名；“自序”，先生没有自报家门；“照片”，多幅，没有注明她的原名；想来，全集最后“附录”描述她的生平，总不会缺漏吧。果然，“1900”年，编者写道“10月5日（农历庚子年闰八月十二日）生于福建省福州府城隆普营。祖籍福建长乐横岭乡……原名谢婉莹”。以为，这样一种编法，就有不周到之处了。幸好我自幼即为冰心的崇拜者，谢婉莹这名字还记得，“全集”卷1查到卷8，在小一号字的附录里才找到她的原名，是编辑以为这一点无关紧要，还是一种无意的疏忽？而且是冰心家乡的文艺出版社。

为了速答，我是上“百度”核查的，假如“百度”再疏忽呢？

办事周到是一种美德，也是“必须的”。为冰心先生出全集，全国读者乃至全球华人都受益，都感激；如我这样自幼就读先生的作品，承受她惠及的善良、正直、仁爱、勤勉等种种美好，尤其怀有敬意。但把好事办得更周全更精细岂不更让人感佩！

2021.8.12

告白

明天九月一日，中小学开学，家长们该格外忙碌，我呢，也有诸多事情要打理，于是想到这段时间的“天天写”恐怕要挂笔了，这里谨掬一瓣心香，向朋友们作一“告白”。

从实说，以我这般年纪和状态，不宜再写些什么；之所以不揣冒昧谈说四时风物，岁月过往，看书学习，写作甘苦，以及人生百味，一是有朋友因偏爱而鼓励，一是疫情纷扰，老来寂寞，与朋友交流，也是与自己心灵对话，这样一路写来，不知所终。

有朋友看出来了，我的选题仿佛随手拈来，其实颇多用心；毕竟退休多年，对世事变化，了解有限，基本不予评论。为文既要弘扬主旋律，又要有趣味；讲看书学习，不能长篇大套；写走过岁月，不可流于沉郁；说人到老年，总要有所节制，不能尽数其难堪。而文笔呢，微信作文，简括为要，就只能提纲挈领，大写意，不若典型随笔那般生动细致。同时，朋友圈交流，并非正式发表，有些行文的粗糙甚至言词的不确在所难免，还望朋友们体谅。

季节转换，秋光美好，不忘秋风萧瑟；大家多所保重，毕竟健康第一，务请留意。

2021.8.31

河边流萤

从冬到春，从春到夏，不觉这随笔已经写了 200 多篇。有时我想，倘若将这些微文结集，应该取个什么书名呢？——河边流萤。莫耶的《延安颂》中，有这样的描画“夕阳辉耀着山头的塔影，月色映照着河边的流萤”，书名就从这里摘取吧。

我的这些文字，我晚年的一点光亮，恰如月色下河边的流萤，尽管微弱，也要闪烁，也要去美丽时代生活，美丽人们的心灵。

还有一层意思，就是延安时代，我们的先贤于宝塔山下、延水河边，躬耕无产阶级新文化，从鲁艺出发，到前线去，到工农兵群众中去，创作出为广大人民群众欢迎的崭新的文艺作品。在新的历史条件下，无论社会生活发生怎样的变化，我们无疑应该继承这奔涌的清流，不忘毛主席在延安文艺座谈会上讲话的革命精神和深切嘱托，为繁荣新时代中国特色社会主义文艺创作贡献自己的微力。

革命圣地延安，红色文化的摇篮。在《延安颂》的歌声里，我依稀站在蜿蜒的延河之滨，体会着夕阳下的塔影与月色中的流萤，体会着革命前辈的壮丽青春与英勇创造。感谢诗人莫耶，她的诗句如炬火，至今光耀我们奋斗的道路；感谢作曲家郑律成，这飞扬的旋律至今仍响彻我们激昂的胸襟……

2021.8.19

第七辑

温情笑容

北京下雨

今夏北京雨水有点勤，前些日子还下了场大的，夹有冰雹，人们并不以为然。而昨天雨的预报，则不免牵动人心，中雨——大雨——暴雨，仿佛还会遭遇冰雹。于是，我等雨来，夜不能寐；入夜，开始“洒洒水”，到 24 时，天空闪电频发、雷声隐约，风乍起，低树飘摇，高树微动，大雨还是没有下凡，我的观察偃旗息鼓，也只好洗洗睡了。

如果天定下雨，无论大雨还是暴雨，只管下，我这里正好要体会“疾风暴雨”“暴风骤雨”的景象，以壮胸襟；自然，老天倘不发疯，和风细雨，扫荡暑热，来一阵短暂的清凉更好了。雨通人性，两难推理，于是徘徊复徘徊，把人们弄得五脊六兽，就产生许多妙趣横生的段子。

话不敢说满，也许一会儿暴雨骤起，上天仿佛漏了一般，恣肆倾泻，那时我们也只好扛着，随机处置，趋利避害，还城市一个稳定有序，平安吉祥。

北京下雨，可以听故事。

2021.7.12

初雪

终于下雪了。庚子腊八前夕，雪落北京城，祥瑞之气扩散着，在人们的欢声笑语里。

如何描写这飘飘飞雪呢？一百个人有一百种形容，一千个人有一千种比喻，然而喜雪的情绪与心境总该是差不多的。

在我，也许因为盼雪日久，喜雪的感觉尤其强烈，惟嫌雪花太小太淡……

那么，笔下如何描写呢？

身在层楼，窗外雪花飞舞，远处天空多少有些迷茫；眼前如柳絮杨花初扬一般，单薄的雪花怯怯的，擦到窗玻璃上，无声地落下，在冰冷窗台上慢慢堆积，又滑落，再堆积，不久，天放晴了，还是那么薄薄的一层，又渐渐地消失……

初雪，浪漫的风景，诗意的张扬，人们开始期待春天的花事。

2021.1.19

★京城初雪

牵牛

与孙女院中散步，见路边草丛里有淡淡的粉色牵牛花，于是随手拍了两张，孙女说“您今天就写这喇叭花吧”，也好，回家就写。

天天挖空心思写，难免会枯竭；那么翻翻书罢，随手拎出一本《当代艺术散文精选》，扫一下目录，看看有无涉及牵牛花的题目，樱花赞、茶花赋、荔枝蜜、丁香花下、种一片太阳花……没有牵牛花的踪影；老舍先生一篇《养花》，北京小院养寻常花草，该有喇叭花了，然通篇讲养花的乐趣，不乏闲适美，却没有一种具体的花（所谓花非花），不禁一叹。伏天加疫情，这多忧烦，没心思再翻书了，还是盲写，满世界牵牛罢。

老家乡下多牵牛花，尤其是篱笆墙上，这草本精灵攀缘而上，红的、粉的、蓝的、紫的，甚至还有绿的，喇叭朝天，渲染农家盛夏的姿态与色彩。遥远的记忆里，牵牛花与蒲公英、马齿菜、马兰花等，曾编织我童年清奇的梦境。

牵牛花平凡、寻常、朴实，查其花语——永固的爱情和名誉，象征着顽强、不屈不挠的奋斗精神。这样看来，此花又不可小视。自然，所谓花语，以花表达的语言，不过寓有人的美好愿望，牵牛花不畏风雨，不懈向上，攀缘不已，的确给我们以鲜明的启示。那么，早安，牵牛花！让我们一起向上、奋发，服务于社会，也完善

★ 爷孙俩

自己，在新时代新的征途上，积极贡献聪明才智，时时绽放生命的色彩！

2021.8.3

秋之梧桐

明日立秋，二十四节气之第13个，预示天气开始转凉，但千万不要误会，这只是一个转折点，并非暑热顿消，还早着哪，仍须留意暑热。

人们说，从此梧桐树开始落叶，所谓“梧桐一叶惊秋”就是这意思了。梧桐自然是可爱的，尤其法桐阔叶丰腴，绿荫浓浓，作街树点缀城市风景，别有一番情调，譬如南京（如今已沦新冠为虐的伤心之地，不过这一切都是暂时的）驰名全国的中山陵一带梧桐林荫大道。徜徉其间，体会文学之都的风情与意蕴，那是再惬意不过的事情了。才华横溢如星辰闪烁的友人星琦、管峻等，你们近来可好？

说梧桐，北京可以一见，我游走的半径不大，也知道稻香湖酒店的园子里，就有风姿绰约的梧桐林，大可作为拍照的背景；西四环内水云居一带，梧桐街树纵横如织，绿荫可人；门头沟有个梧桐苑，环境幽微，想来也会有梧桐栽植……

秋的身影已经闪现，难活的暑热就要过去，再忍一忍，酷暑消遁、疫情平稳，那时好朋友再聚首，金秋里游走，有欢声笑语洒遍长街短巷，我愿伴乍起之金风，为你们吹动纷飞的梧桐……

2021.8.6

秋凉

很久很久以前，一个暑天，我随G报的朋友出去办事儿，告别时，我这位朋友对人说“待秋凉时，找个雅致的地方，一起坐坐”；那言外之意，就是为表达感激之情“喝点儿”啦。不记得已往是否听说“秋凉”一词，反正这次印象深刻，——是了，一是刚刚接触，就提吃饭的事，有些唐突。二是伏天的确不便，那时空调还不普遍。文化人说话就是讲究，“秋凉”时，多雅！

现在开始“秋凉”了，却不能呼朋唤友出去“坐坐”，只有“举杯邀明月，对影成三人”了。疫情会改变人们的生活方式？有那么严重吗？有时我不免疑惑。

秋凉，并非寒意，而是有那么“一点儿”凉，就是爽了。深秋时节的“凉”，就升级了，霜夜的感觉则与冬寒接近，邀人出去“坐坐”当然可以，但秋凉的况味就寻不到了。自然，冬天傍晚，围着炭火锅涮羊肉，又是一番景象，一种别样的欢乐。

所谓贴秋膘，不知于今是否还行时？减肥瘦身是大趋势，多年时尚，贴秋膘的习俗大约要适可而止了。

说秋凉，没有掉书袋，却引出这么多吃喝字样，也是烟火气嘛，就此打住。

2021.8.21

风景

大千世界，芸芸众生，一个人就是一道风景。此刻，该想到前辈卞之琳的那首诗：“你在桥上看风景，/ 看风景人在楼上看你 / 明月装饰了你的窗子，/ 你装饰了别人的梦。”你是一道风景，无论是在别人的眼里，还是在自己的心里；这景致，惊涛拍岸也好，晓风残月也好，都是独特的，与他人不同的；可以相互比较，却不可以投以鄙视，友爱连接彼此，共进融为一体，心灵的花朵开放，风景这般多样，构成了多彩的世界。

一人一风景，回望历史，衣上征尘未褪，前路马嘶风吼，奋斗从来青春壮丽，红旗自在心中漫卷。时代号角昂扬，尽是“风景这边独好”！

一人一风景，就要个人悉心守望，友人相衬相帮，勤建树而拒污染，凝心聚力，携手同心奔向美好未来！

2021.8.28

★风景这边独好

刷

每天刷手机，遛朋友圈，就是见朋友，一个一个，请安，交谈，增进亲密感，添加人情味，以为这是新时代美好生活的一部分。

鸡汤可以喝，但点到为止，不然营养过剩，成了完美先生（男先生，女先生），眉动目笑都要反复斟酌，举手投足也要思量再三，那该多不自在？

见到朋友，总要冒泡，太深沉了不好，太随便了也不好，我可见过在朋友圈中拌嘴，撒泼，浑不吝的，事后反省自当懊悔不已。朋友，最难做诤友，百里挑一吧。一般的，还是多表扬少批评，因为大家都不容易，抱团取暖是正经，何况谁又没有缺点呢，所谓瑕疵，可以忽略，诸如一点点“扣”，一点点急不择言，一点点自鸣得意（忽视了别人的感受）……，都是不可免的。

疫情未退，见面机会本来就不多（聚餐难免提心吊胆），珍重吧，珍重！现在可以唱友谊地久天长了。

2020.11.24

读图

到今天，“走过”已发300期，与朋友们分享了自己多年拍摄的1800张图片。现在，大家读图疲劳，点赞辛苦，我呢，也有些倦了，加之近来感到学习不够，生活单调，拟多分些时间用于读书写作，所以，“走过”与大家说再见了。

歌德说，生活之树常青。时代在前进。我们自然会体味到生活的千变万化，人生的美丽丰富、多姿多彩，以及间或呈现的大小神奇。对于任何一位有追求的人，发现生活之美，责无旁贷，还要传递给他人，传承给后代。摄影，不过雕虫小技，如今人人可以掌握，用以模写生活之美，于平凡的感动中提升心灵的纯净与诗意的栖息。更多的，文学创作，音乐舞蹈，绘画，戏剧演出，影视展映……我愿提醒诸君，记着，发现美，采撷美的花朵与果实，不忘与朋友们分享，也一起感恩生活。

2021.5.28

不忘

那年，我已从岗位上退下来，中央人民广播电台中国之声名人版，邀我作节目，为了我的诗集《远去的云朵》出版。当时出席的嘉宾都是文学评论界的新锐，却对我以传统写作方式产生的那些作品褒奖有加，让我格外感动。节目主持人月明女士，不仅费时读了诗集，而且事先做了采访，她和她的同事们为这期节目倾注热情，付出辛劳，在我，就是十几年后的今天，回忆起来仍感到欣悦与温暖。当时为节目录制十余首诗歌的著名播音姚科，那美妙的音韵，长久地萦绕我心，成为一种幸福难以忘怀。

70 分钟的节目，瞬间定格！为我融入老年时光抹上一缕彩云。

谁知感动还没有结束，承朋友们的美意，月明又动员她的同事，用业余时间为我录制了一张盘，42 首诗，配乐朗诵（时长一小时），著名播音艺术家雅坤、姚科、佳慧、杨波等都参与了，让我感动得一塌糊涂！

一个人退休了，还有这样的运气，福气，让人怎能不浮想联翩。人间自有温情在，我以真情谢故人。

不忘！铭记！我真诚的朋友们，谢你们的关爱，祝你们好运！

2021.6.23

朋友

朋友，古今中外以此为题的诗文集纳起来，恐怕可以绕地球几圈了。近来读老杜的诗，联系到杜甫与李白的友情，颇多感慨。

请看杜诗《春日忆李白》："白也诗无敌，飘然思不群。清新庾开府，俊逸鲍参军。渭北春天树，江东日暮云。何时一尊酒，重与细论文。"朋友的亲密情谊，在相互欣赏与赞美中自然流露，连诗的语言风格都融合一体了（诸如李白的"明月出天山，苍茫云海间"）。其实，这两位文学巨匠、天才诗人并非经常黏在一起的诗酒朋友，他们平生只接触过两回：第一次，公元744年夏，杜甫和李白在洛阳开始认识，他们一同游历开封、商丘；745年秋，在兖州重会。不久，李白赴江东，杜甫去长安，两位友人再没有见面的机会。不知这首《春日忆李白》，李白看到过没有，倘没看到，那该多么让人伤感。这么亲密的朋友，这么伟大的友谊，在短暂的人生中，竟这么倏忽而去，而诗歌的天空中，却将永远闪耀着他们偕肩前行、举臂狂歌的瑰丽光影！

由此想到，人间重友情，而友情的珍贵，在相近相知，心有灵犀，可以不在乎交往的岁月长短，以至相守朝朝暮暮，大家结缘于奋斗中，还要在奋斗中相互激励，相互支援，共同进步。多一些朋友好走路，多一些朋友有温暖，多一些朋友有记忆……

老杜这位河南老乡，够朋友，联想到后来李白背时落水，杜甫贫病交加晚景凄凉，不禁又为古代圣贤的遭遇伤心不已。

2021.2.5

知交

听李叔同作词的歌曲《送别》，“天之涯，地之角，知交半零落”，每听到此，都不免潸然落泪；人生得一知己不易，长亭外、古道边，浊酒一碗相送，掩面洒泪而别，在交通不够发达的昨天，那是怎样一种难舍难分啊！联想到今天，疫情阻隔，好友地北天南难得一见，时间久了，尤其是人到老年，也会唤起“知交半零落”的情愫呢！

知交难逢、难觅、难相守，一声“半零落”，悲催至极，不由得感叹命运的不定、不予；大师的喟叹，更增添我们对交友之道的深悟与知交零落以终的不舍！

人间觅知己，推崇纯洁的君子之交，大约也是传统文化的一项内容。自然，今天时代不同了，社会交往与交友之道已经有新的内涵、新的准则，但无论如何，这种知交情谊与情怀，这种“浊酒”一般浓厚的情感，是宝贵的，值得珍存的。人间真情在，执手谢知交，盼人们在实现中华民族伟大复兴的征途上，携手并肩，团结友爱，肝胆相照，齐心攻坚克难，共同履行初心与使命！

2021.8.28

握手

大年初一见面，还要不要握手？疫情来了，有人建议见面礼须改革，不要握手（拥抱更别想），而改为老式的作揖，又可以体现传统文化云云，在我，颇不以为然。

原谅我没有考察过国人握手的历史，想来大约始于五四新文化运动罢，在我的潜意识里，见面作揖问候，应该与穿长衫马褂、戴瓜皮帽之着装相配套，张口纯粹文言国语，否则不伦不类，不免有失体统。那么，还是握手自然（哪怕口袋里放几片消毒纸巾），多少有点肌肤之亲，让人感到亲切。

实际上，疫情发生一年有余，人们见面，特别是处在散发期，还是照旧握手不误，哪怕碍于情面。

礼仪乃至习俗改革，我从来赞成，比如餐饮推广“公筷”，实行垃圾分类，等等；但凡举事须深入研究，经过实验，以求大多数人认同、乐于接受，如此才能使好主意、好办法行远致稳。

2021.2.6

想起雷抒雁

天天写。说了就要实践。自然，天天写不等于天天发，倘所写的没多大意思，不发也罢，免得让人生厌。

忽然想起诗人雷抒雁，当然“著名”，当年他的那篇《小草在歌唱》，火遍大江南北，可谓天下谁人不识君！

我与雷抒雁没有见过面，但读过他的诗篇，钦佩他的才华，虽不得见，心向往之。巧了，1997年承朋友帮忙，继第一本诗集《岁月，多情的河》出版后，沉寂多年，我又有新诗集《听雪集》出版；请人作序，老乡作家马威找到了诗人雷抒雁，于是就有《倾听生命的声音——读“听雪集”》问世。还记得他的序文开篇第一句话，就是“我被冬青进入诗的姿态深深吸引”“那是一种宁静、专注，甚至近乎悠闲的随意在和自然对话，在和心灵对话，在和记忆中的童年、往事对话”。这篇序写的非同凡响，据说当时他已经在鲁迅文学院工作，百忙中为我这名不见经传的诗作者作序，而且逐篇读过，精心评点，多所褒奖提携，实在难得。

在我习诗的路途中，有三位老师，亦师亦友，就是内蒙古的戈非、辽宁的阿红和北京的雷抒雁，他们的指导与帮助，我终身难忘。前面两位，都有交往，惟雷抒雁老师，我们竟然从未见面，在我，心里总说什么时候去拜访，感谢并讨教，一直没有成行。后来得知他因病早逝，痛惜之际，才明白许多事情不及时去办，均会悔之晚矣。余光中说，明年你路过，世上已无我。果然，现在，余光中也走了。

世间最可宝贵的，是人，更是大写的人。我与雷抒雁仅这样一篇文字的情分，又不仅是这样短暂而淡淡的记忆，他的冲天才华，他的精湛诗艺，他的助人品格，镌刻我心；他应该是一个大写的人，他应该有长长的阳寿，延续青春的歌唱，高扬生命的强音，他的善良与仁爱惠及人间，令我一想起他，就体会到生命的重量，诗歌的美好，人间的友爱！

2021.6.27

想念阿红

想念阿红了！

久不写诗，就会想起阿红老师，想起他对我的提携与鼓励，家人般的，自自然然，于是心中涌动暖流，眼里闪烁晶莹。

我与阿红（姓名王占彪）相识于偶然，我的第一本诗集《岁月多情的河》出版后，有幸请辽宁作协金河、阿红、晓凡等聚会，给予评论指导，随后他为我写了一篇评介，题目是《诗化着他的人生追求》(发表在《中国文化报》)，从此就熟悉了。因关（山海关）里关外相隔，不能就近讨教，总有书信联系的缘由了。阿红老师见闻广博、才思敏捷，笔耕勤勉，诗之外，我惊叹于他诗歌评论文字的丰富。他谈吐雅致而风趣，为人平易，乐于助人，“粉丝”无数，深受人们特别是年轻人尊敬。

阿红辞世，我是很久以后才知道的，现在想他时，只能在他送我的一些著作中流连……

阿红的诗真好，如这首写于 1986 年的诗《有一个包袱》——

有一个包袱，
总得背着　背着

不想背

也得背
背不动
也得背

汗流浃背
还得轻松地唱着歌
还得说，不背不会走路

阿红曾介绍说，在北京可以拜访著名诗歌评论家张同吾，请求指导；可惜，那些年工作忙，家事亦有拖累，诗呢，写写停停，不好意思前去打扰，竟未得见。于今阿红走了，张同吾也走了，在我，痛失良师，无可挽回，这该不是所谓天注定吧？

有一个称谓，浪漫至极，叫“诗爱者”（诗歌爱好者缩写），其发明人即敬爱的阿红老师！

2021.7.2

交友

朋友见面，偶尔说到如今交友难，我无以做答，惟诺诺应之。

其实，交个过心的朋友，从来都难，所以“国学”中关于交友之道的论说颇多，同时还有各种样式、风格的友情典范张扬于史书，或流传于江湖。讲的比较多的，就是“义”与“利”了。关照现实，往往有这样的说法，即现在人们多以“利”相聚，而与“义”日渐其远，因此难交真朋友，正直而高尚的朋友。想想，自然有些偏颇，但也不无道理，所谓交人就交有用的，至少是能够相互“办事”的，这种从一己私利出发，崇尚实用主义的交友观，哪里会有真朋友？这样说，当然不是讲朋友之间不能互相关心、互相帮助，而搞所谓柏拉图式的纯精神之爱。

人是社会人，无论体制内还是体制外，都不能脱离社会遁入真空；那么，大的方面说，就要以党和人民的事业为中心，与优秀的人引为同志，与阳光而富有正能量的人交朋友，团结起来一道前进。新时代应该有新的交友标准新的交友观。优秀的人应该如磁石一般，广交朋友，团结的人愈多愈好，共同推进中华民族伟大复兴宏伟事业。而日常交友，仿佛有个规律，少年交友易，且延续久远；而成人交友难，相识，相近，相互体验（不好说考验），辨别，磨合，逐渐结为友好。高山流水也好，街坊哥们也好，还是诗酒同好，多看朋友的优点长处，凡事多理解，多包容，就会有朋友，有知心朋友，有长久的朋友。人到中年，有朋友可以解困分忧；人到老年，可以杯酒相邀，奇文共赏，排遣孤寂，何乐而不为?

2021.7.31

端午

今日端午，朋友发来的微信问候，多措辞谨慎，避“快乐”而选“安康”，其中自然有讲究。

中国端午节很文化，早入“世遗”。我不够“国学”，但也知道端午作为节日，历史久远，而且其由来多解。初为祭瘟神、龙王而求安康，因而有门上插艾草，腕上缠五色丝线的风俗；记得儿时每逢端午节，老家门楣伴艾草的芬芳，挂着姑姑们缝制的彩色小物件，同时早早地把五彩线缠上我的手腕……显然，避邪消灾，求平安吉祥，是过端午的重要内容。

说到吃粽子、赛龙舟，纪念民族先贤、大诗人屈原，则是后来才知道的；那时，我已从农村走进城市，能读一点小书，开张视听，开始“文化”起来。关东老家没有龙舟竞赛的风景，但家家包粽子煮蛋的节日氛围还是很浓的，不乏仪式感。

现在，过端午，内容丰富多了，阖家团圆，粽子品种繁多，礼尚往来，颇有文化色彩。在我，以为由屈原昂扬的中华民族的家国情怀和追求真理的崇高精神，应该成为端午节的底色；“路漫漫其修远兮，吾将上下而求索”，在推进中国特色社会主义的漫漫征途上，我们将在习近平新时代中国特色社会主义思想指引下，继续解放思想、开拓创新，为实现中华民族伟大复兴中国梦不懈奋斗！

2021.6.14

★端午赛龙舟

今日冬至

今日冬至，喜乐非常，选一首尚未发表的酒歌（由郑确作曲），与朋友们同乐。

把酒歌

万家灯火欢腾夜，
迎新把酒杯对杯，
美酒好似天上来，
问君今生醉几回？
邻里亲，
人间真情最可贵；
朋友爱，
大路朝阳紧相随，
来来来，再举杯：
前路有风也有雪，
自有勇士踏春归，
风流人物知多少，
笑立潮头歌风雷。

（作于 2000 年 11 月）

2020.12.21

腊月小年

看台历果然长知识，原来昨天腊月二十三，是北方的小年；而今天腊月二十四，是南方的小年，历法真的是这样划定的吗？不管了，反正是开始过年了，中华民族传统节日，盛大的欢乐来到了！

尽管疫情的阴影还在，大院里慰问的，走访的，或曰走访慰问的，低频的欢声笑语在流动，透露年的消息，春的消息。

小孩子盼过年，久远的过去是这样，不知今天的孩子们是否依然如此？老年人则怕过年，天增岁月人增寿，这意味着走向衰老。我认识一位令人尊敬的长者，仿佛几年前就自报86岁，现在问他，回答还是86岁，您会怎样看、怎样解读这个现象呢？

慢慢的，我明白了，老百姓过年，主要是让一老一小快乐，千里归家团圆，首先是看望老人，报养育之恩、还思念之苦；同时，小孩子虽年年见长，终是孩子，红红火火，年的快乐无可替代，一脉相承；更有农村留守儿童，新年团聚，可圆见爹见妈之梦。而中青年，负重前行，这时候可以歇歇肩，他们的喜乐随一小一老的喜乐而喜乐。

疫情向好，散发须防，年还是要过好，有党的关怀，社会关照，在认真做好防控的环境下，来个欢欢乐乐过大年！

朋友，过年好！

2021.2.5

拜年话

过年见人多，说话也就多，说拜年话就显得格外有学问。

拜年话，顾名思义，就是说好话，喜庆话，好听的话，听了让人高兴的话。个中道理，非生而知之，需要学习、体会。平时我们不高兴了，可能会抱怨说某人“真不会聊天儿”；过年了，说到底，就是图个乐呵，辛辛苦苦一年到头，累没少挨，气没少受，举家团圆，亲朋故旧，见面了嘘寒问暖，互道保重，多说吉祥话。拜年话，有人会说，有人不大会说，究其因，最根本的是忽视了说话的出发点与落脚点，是为对方着想，还是只想着自己。如果说话时目空无物，不看谈话对象，而是任随一己的心情、理念、情绪等游走，这样，就可能讲出别人不想听、不愿听，听了不开心，甚至堵心、难过的话来。那样，拜年的初衷就会毁于一“话”，只剩下懊恼为伴了。于是，老人就开始唠叨了：大过年的，这是怎么说的……

差别就是矛盾。与人相处，宜善与人同，互相学习；日常生活中，人与人之间，总是各有所长，也各有所短，凡非原则的事情，该提倡包容，以和谐相处，共同进步。

拜年话，就是走访拜年时讲的话，而难得是诤友的话，可以另外选择时间地点去表达。

2021.2.6

过年的吃食

说过年的吃食，在我的东北老家，记忆中有个三件套，即饺子、冻梨、粘豆包。我们小时候，除夕夜东北人守岁，一定要吃饺子，又多为酸菜馅，或三鲜馅。年夜饭太油腻，数九寒天，乡间哪里会有新鲜水果，而冻梨正好可以挤上餐桌，摆上躺柜，消渴化食。至于粘豆包，过年三餐乱了时序，饿了，可以随时听候调遣，以备不时之需。尽管那些年家家不富裕，毕竟过年了，吃食总会比平时甚至其他节日丰富些，这里我单挑这三样，自然是情有独钟，难以忘怀。

饺子，就不用细说了，如今久居北京的南方朋友不仅渐渐喜欢上吃饺子，而且自己动手包饺子也不是什么难事儿。粘豆包呢，上好的大黄米，磨过，和好，裹上红豆馅，包上一堆置于仓房冷冻。冻梨呢，关内同胞就不多见了。秋天打下的“桉梨”，腊月里放到大个儿水盆里冻。吃时，取来放在小盆里，让它慢慢融化，待脱去冰的盔甲，就可以享用了。于今，想吃，也会有办法如法炮制，只是那种“桉梨”北京仿佛还找不到，那是一种内里比较粗糙的水果，充作“冻梨”，应该是东北人为其量身定做，别样的梨也许难以替代。

如今过年，物质极大丰富，东西南北中，物流畅通，吃食应有尽有，我这三件套已不足为珍，但我早年间的过年记忆，总少不了它们的影像。这好有一比，我二十岁离开家乡东北，前后在北京生活半个多世纪，至今脱不去乡音；这少年时期乡下过年的记忆，如风吹过，其影随形，依稀挂在窗外河边飘摇的杨柳枝头……

2021.2.7

同醉

过年喝酒，正常。我这人没量，年轻时也不过二三两，够不上“饮者”，所谓“自古圣贤皆寂寞，惟有饮者留其名”，这饮者中首推酒仙李白，扩而大之，即杜甫诗说长安“酒中八仙”；唐之前后，够得上“饮者”的，自然不计其数。论饮者，陶渊明不知是否够格，“采菊东篱下，悠然见南山”大约是酒后吟咏的，此刻我总觉得“悠然”二字，有点酒意，醉眼蒙胧不是？说笑了。估计陶公酒量不大，因为他笔下的诗文过于清醒，一读他生前给自己写的挽歌，联想到他逝世等待入土，躺在那里大脑还在飞转，吟出“亲戚或余悲，他人亦已歌。死去何所道，托体同山阿”。扯远了，打住。

据观察，我周围或我认识的朋友中，饮者大概有两类。一是酒量惊人，一斤两斤不醉，并非恋酒好喝，而是性格豪放，爱交朋友，饮酒之意不在酒。一是酒量尚可，但好逞能，往往一喝就过量，一旦喝高了，难免出洋相，或大呼小叫，自陈生平得意之笔，或不言不语，扭头离席，“知向谁边”？而非饮者们，则无休止地劝酒、敬酒，唯恐别人不醉。非饮者中会享受的，追求一种“微醺”的境界，于是仪式感、幸福感全有了，直到心满意足地散去。

毛阿敏那首歌怎么唱来着？“谁能与我同醉”，还是别的什么字句？今年过年，也许还是微醉一次为好，暂时忘掉疫情带来的心理阴影，也忘记鼠年生活中诸多烦忧与不快，让杯中玉液琼浆洗去胸中块垒，以满心欢喜迎接牛年的无限美好。让我们举杯吧！

2021.2.8

余韵

前文说过年喝酒，大醉与微醺，虽深入境界不同，都是醉，难得醉意美。

余兴未尽，再书余韵，以谢饮者与准饮者，及微醺客。朋友圈中不乏酒爱者，酒风如何则另当别论。两位杨姓朋友，我称南杨、北杨，都是近饮者级。上世纪 80 年代，初遇北杨（此后好像再没有谋面），印象殊深；记得是一个周末傍晚，海边招待所用餐，酒过三巡、话音渐高，仿佛有人“装”，说不会喝酒，已经喝高了的北杨端过杯子，拉开对方衣领，直往里灌，尽显辽海霸气。南杨则酒风温柔，席间进酒，看着你的眼睛，习惯发声“嗯？”，以与人互动。喝高了，就拉你离席参观他家厨房，颤抖的手指着一排汤锅，介绍煲汤厨艺。南杨，那些年，我们几乎每年都见一面，后来他因心脏欠佳，基本不喝酒了。但每逢我去，他就会提两瓶“蓝带”，供品尝，他也象征性的喝几口，倘再喝，就会有人干预。如此爱酒之人，老友相聚不能尽兴，该有多么“痛苦”。

酒仙、诗仙“双博士”李白，天下第一饮者，写过多少颂酒颂饮者的诗篇，诸如《月下独酌》“天若不爱酒，酒星不在天。地若不爱酒，地应无酒泉。天地既爱酒，爱酒不愧天。……三杯通大道，一斗合自然。但得酒中趣，勿为醒者传。”爱酒爱到如此程度，而且能够这般传神地表达出来，恐怕是千古第一人。酒为媒，给予李白乃至古往今来多少文艺家灵感，催生多少伟大的作品。传说画圣吴道子酣饮大醉，方可作画；书圣王羲之醉时挥毫，下笔“遒媚劲健，绝代所无”。李白自道：“兴酣落笔摇五岳，诗成笑傲凌沧州”。他在《月下独酌》诗中说的，酒可通儒家大道，也可达到道法自然，酒的功效真的这样神奇吗？可惜，他们的酒中趣，不告诉我们，不愿意告诉我们。

呜呼，漫卷诗书，酒的传奇多矣！

2021.2.10

沉浸

过年了，却很难有沉浸在欢乐与幸福里的感觉，我知道，这大半是年龄使然，难扛事，也有环境的忧烦，心不静，弥漫着些许莫名的焦虑。

其实，沉浸，作为对欢乐与幸福的感受程度，是挺高的要求，并非人人都能获得；节日里，放下，排空，心中为喜乐填满，别无他物，完全沉浸在欢乐与幸福中，那是怎样一种舒心的享受啊！

老人要获得快乐，无疑应该换一个心境，忘记年龄，忘记烦忧，潜心体会“岁月静好”的意韵，从而使自己完全沉浸在欢乐祥和的氛围，仿佛鱼翔浅底，鹰击长空，长空万里送秋雁……

这样，至少在一个家庭中，老人会影响中年人，中年人则影响孩子，大家就会为福气所笼罩，沉浸在欢乐之中，如贺词常写的“阖家幸福”“吉祥如意”。

初二宜拜年，这里就合府上拜访了：过年好，过年好……

2021.2.13

立春

今天 22 时 58 分 39 秒为立春，春天的开始，也是二十四个节气之首。实际上，从这时起，已进入牛年，生娃该属牛而不是属鼠。我这人很不“国学”，这些话是刚刚从“百度”上抄来的。

莫道春寒料峭，冬天毕竟过去了，而春天已经到来；生长的季节，这样触发联想，鼠年的“意外”曾经让我们愁肠百结，又几番苦斗，适逢新的轮回起始，我们对眼前的时光充满期待，那么，牛年大吉，蓄势待发，去迎接新的挑战新的收获罢。

2021.2.3

★播种的季节

春意

人生识字糊涂始。说春天，生，生发，应该是本来含义。《千字文》“春生夏长，秋收冬藏”，四季之别，这春生与夏长有联系，又是有区分的。那么，春意呢？就大自然说，就是春天的气象，春天的氛围，春天的况味，当然，这里有我们对春天的感知，感动，感悟；但若问这“春意”究竟长什么样，又仿佛一句话两句话难以说明白。于是，来了“红杏枝头春意闹”，这是人们耳熟能详的诗句，北宋宋祁《玉楼春·春景》中流传至今的锦句，给我们别具一格的春意，也带来纷纭不同的解读。据说，历代词人和词论大家，对这个“闹”字多有评说，见仁见智，其中就有直言其“俗”的。近代学人王国维则在《人间词话》中，为这个“闹”字点赞：“红杏枝头春意闹”，著一字，而境界全出。先生的确说的不错。

红杏枝头春意盎然，不仅在春杏姿容的妖娆，更在于那枝头的“闹”，仿佛有蜂飞蝶舞，风过鸟喧，并非运用拟人修辞方法，而是触“闹”则产生动态美，给人以全新的审美享受，也体现出宋词美学的健朗一面。

在北方，尤其是东北老家，杏花开得比较早（所谓桃花开了杏花谢），让人们早早地感受春天的气息，春天的热烈，春意的诗情。我家老屋的园子里曾经有一株老杏，春来花开满树，春意融融，给孩子们带来欣悦的同时，也在孩子们心中生发希冀，盼夏天杏子熟了，享受更多的快乐。至于春意啊，美学啊，会有所领悟吗？

2021.2.16

春草

再没有比春草更迷人的了。尤其是春雨中的草地，尤其是春雨无限爱抚的湖畔的浅草。我在诗集《亲亲的山水》后记中，曾写道："诗集的出版是一件美事，我的欣慰如春日的浅草，在湖畔泛起光泽。"就是对春草的礼赞，我把最美好的心情喻为湖畔的春草，春草闪耀的光泽。

草是渺小的，又是博大的。渺小的是柔弱的形体，博大的是宽广的胸襟、顽强的生命力。小草在歌唱，这也许是唱滥了的调子，但小草的歌唱的确是世间最广大的歌唱，生命的颤音也许最初就是起于草叶的摆动。于是，我想到惠特曼缘何把他充满生命强音的诗歌集题为《草叶集》，那修长的诗行，那自然主义大胆的描绘，那强烈跳动的心脏，那要冲破一切罗网的磅礴之力，以及那包容天地人寰的博大的爱，给人们带来怎样的振奋和激励啊！

2021.2.4

★盎然春意

立夏

今日立夏。春花零落，望夏多时，在北京，大约可以说：夏天，来到了。夏花绚烂，紫薇啦，木槿啦，虽无玉兰、海棠般娇嫩，却花期绵长，可以相伴久些。

立夏，是时节转换的节点，所谓“斗转星移”，立夏为夏季第一个节气，随后“夏满芒夏暑相连”，依次为小满、芒种、夏至、小暑、大暑，然后就准备与秋季转换了。这些，小学生都知会，而我不知为什么，至今仍不免糊里糊涂。

夏天，与其他三个季节一样，一个月里含两个节气，单纯说“夏热”，显然有一个过程；这世界，许多事情都有一个过程，由量的渐进发展到质的飞跃，自然界如此，社会生活亦如此，所以，遇事该冷静，细心观察、注重分析，按照事物发展的规律行事，这样才会事半功倍，逐渐成熟起来。

春天有春天的美好，夏季有夏季的妙处，消夏时节，鲁迅先生的“夏三虫”等名篇，还是可以重新一读罢。

胡乱写来，别无他意，夏季开始，总要说几句，做老牛耕田状，以防懒惰来袭。

2021.5.5

入伏

入伏了，祛除“暑邪”，也许少动为妙；夜伏，昼也伏，古稀之人、耄耋老人只好如此。

伏天，本来很难受了，中医偏说“冬病夏治”，泡脚啦，熏艾蒿啦，均热治；使人联想到相反相成，辩证治疗；我呢，没有寒湿，却沾湿热，不知三伏天是否也是治疗的好机会，也不知有哪些绝妙的治疗方法。

年轻人恰生长季节，管他酷暑，还是严寒，通通小意思，自然可以不说病，不须四处寻“贴”，又不是大观园里人物！但季节变幻，也不可装傻充愣，该保健还是要留意，不可与自然规律对着干。

头伏饺子二伏面，这是老北京的讲究，“吃了吗，您？”在北方，饺子从来被认为是最好的吃食，入伏，天太热，食欲不振，有理由吃饺子；二伏更热了，据说，吃面不仅易饱腹，而且有益于祛湿，我常受湿热之扰，二伏时定要好好吃面，实验实验了。

本来暑天不想写作了，惯性使然，还是要唠叨唠叨，那么，入伏到处暑这些日子，大家少些操劳，少些烦忧，多些休息，多些喜乐，保重，保重！

2021.7.11

秋日之乐

今天，暑季已出伏。所谓伏天“暑气潜伏于地”，老年人宜伏不宜动，现在终于可以四处行走了；然而疫情起伏，还得“伏”，一时无可奈何。

毕竟早晚凉快了，居家也可以安排些有趣味的活动。首选自然是读书，随便读点什么，总会收获喜乐。晚上凉风过窗，爽意自生；“不动笔墨不读书”，老辈的习惯应该传承，有所感即予以记录，集腋成裘，求大欢喜。

再一个，就是书写，临帖也好，创作也好，纸上不会落汗，尽可以放心挥毫。如我这般不会书法的，可以学习欣赏，把玩友人书画作品，于藏有万千学问的墨迹中，领略方家胸襟气度，文章锦绣。

我认识的书画家不多，前些年曾与江南才子管峻有所交往，他的楷书见字观止，我细读过他的《千字文》册页，沉醉其中不能自拔。书画家孙泳新，仿佛也上年纪了，多年不见，声气相通，知道他全球游走，以书画为媒，做文化交流，声名远播。他的国画作品，传承久远，创新斑斓，风骨与情致熔为一炉，看了令人神往！

欣赏书画，当然需要学习，要读些文论、经史以至书画家的传略，作品介绍，等等。如果嫌累，就如我这样直奔主题，直接观赏，反复体会，把自己的感受表达出来也是可以的，反正我们又不

★秋韵

想到哪个书画报刊去发表。不专业没关系，老也老了，随便交流读后感总可以罢。秋天来了。天，蓝而高远；地，色彩纷呈，等待收获，而人呢，秋夜好读书，理论之外，文史哲经都可以浏览，年轻人宜研读，以长学问；老年人则随意翻翻就是了，惟求心灵充实，愉悦……

盼疫情平稳，我等也可以外出游走，挽金风，临秋水，观秋色，闻果香，尽享金秋之乐。

2021.8.20

母亲节

今天是母亲节，一个充满爱与温情的日子，不久前我刚刚回东北看过年迈的老妈，又一次承受母爱的光泽，同时感叹时光的严酷……

再过一些天，母亲就迎来她的97岁生日，母亲长寿，当然是我们的福分，但她日渐衰老的状态，怎能不让儿女心疼?

望着她饱经沧桑的面容，漫长的岁月里，她给予我们的爱如潮水般从眼前漫过，我拉住她的手，依旧宽厚而柔软的手，仿佛又回到童年，回到少年，藏在她爱抚的绿荫下。

母亲衰老得已经不能起坐，不能下地行走了，她需要吸氧以补充体力与精神；她已经不再说病痛，记忆开始模糊，但此刻他依然能够无误地辨识自己的儿女；让我最为难过的，是她对我说的这样一句话，“看到你了，没有遗憾了……”

母亲生有七个孩子，五男两女；母亲17岁生我，兄弟姐妹中，我最先承受她给予的浓浓的母爱；拖家带口、艰难度日的长长年月里，母亲给我饱饭，供我读书，一直把我送到北京，进了中国人民大学……说感恩，语言已显得苍白无力，我不愿也不能松开母亲的手，我的忧思与泪水在心底流淌，却不能与母亲言说!

★舐犊情深

世上有个母亲节真好！

母亲节快乐！愿我的母亲，愿天下所有的母亲，节日里展露舒心的笑容，愿我的母亲、天下所有的母亲健康长寿，健康长寿！

2021.5.9

童心

今天六一儿童节！朋友圈里图片、文字丰富，十分好看，但多感叹“回不去的童年”，惟祈童心长在。

我呢，却在回忆自己的童年，那些还没有被岁月沙尘荡尽的童真童趣，那些70年前童年往事，那母爱亲情的丝丝缕缕，那童年伙伴的笑貌音容。

的确，回不去的童年！

童心呢，也难于不泯。世事无情，童心不免易碎，——有人说，阿Q是我们的爷爷，论年龄，不错，但万不可传承他老人家的“精神胜利法”，被人打了，就说是儿子打老子云云。童心不泯，自然好，但不可扮阿Q以自欺。这样说，并非主张不去珍存童心，或不要心理年轻，心态年轻，年轻得孩子一般，相反，我愿天下善良的人，多情的人永远年轻，童心不泯，在心中筑起童话世界，以推进社会建设的功德与伟业。

管他70岁、80岁，该跳拉丁跳拉丁，该唱天路唱天路，该练瑜伽的练瑜伽，——偏怀童心向夕阳，鹤发童颜逆行中。

六一的快乐，自然应在儿童中，老儿童想快乐不过是蹭热度。忽闻倡生三孩，也不知当爹当妈的，当爷爷当奶奶的，当外公当外婆的，该跳舞啊，还是该唱歌？

无论如何，儿童节快乐！老儿童也快乐！愿大家永远年轻，童心长在。

2021.6.1

童趣

晚年生活，在我，儿孙绕膝，应该说不乏幸福感。美中不足的，因忙于生计，儿子难见面、见面了也是匆匆别过；孙子为功课所累，一周几周摸不着，孙女倒是常见，却难得说说话儿，写作业、上网课，哪里有喘息的时候？于是，我常常想一个问题，他们快乐吗？他们的童趣在哪里？

我的童年，也有“躺平”，懒在床上看书，小学读民间故事，中学读鲁迅，读高尔基，读屠格涅夫……但更多的时候是“玩儿”，上山捉“蝈蝈儿”，下河摸鱼捞虾；踢足球，进歌咏队，蓝天白云，绿野清风，多么快乐！

如今，人们都喜欢与有趣儿的人结缘，相伴；而小小孩童就失却童趣，失却童趣的快乐，失却童趣的养成（自然，也会失却创造的兴趣与快乐），如我儿子所戏谑的“除了学习好，什么也没有了”，而这个“学习好”，在多样化的社会里，不免单调而苍白，将来他们不会变成孤傲、刻板而枯燥的“高知”吧？那该多么令人失望。

说“救救孩子”，显然言词夸张，但社会教育、学校教育、家庭教育，是否有需要思考与改进的地方呢。

★ 高地云海

儿童是我们的未来。让孩子们全面发展，快乐地成长吧！童趣不可丢失，童趣需要在清新活泼的空气中，在鸟语花香的环境里养成，对此，我们是否应该多一些关注，多一些努力呢？

2021.6.1

高手

一句流行语，“高手在民间”。我这里要说的，不是电视屏幕上出镜的，诸如非常大脑之类的高手，而是我童年时代的认知，乡间田野里的聪明人。

盛夏时节，大田高粱地里，穗穗还没有冒出来，我随老叔钻进青纱帐寻“乌米”；这是一种孩童发现的吃食，混迹于含高粱穗苞苞中间，识别起来并非易事。只见他穿行垄亩间，一会儿就捧回一大把。问其绝窍，他一再演示，我却始终不得要领，往往误把高粱苞剥开，败坏了一穗高粱，不免心生负罪感。同时感叹：这老叔实在是高！

还有一个高手，是我堂弟，他的耳朵异常灵敏，眼睛仿佛可以透视；河边柳树荡也好，山间灌木丛也好，他轻轻走过，就擒得蝈蝈儿、鸣蝉若干，可见身手不凡。我呢，他一再指示夏蝉在树，依然视而不见，愚钝得可以。

有时我想：聪明与愚钝共生，人世间才有高低之分，远近之别，才有多样的风景。聪明自然好，但不可以骄傲，否则就会停滞不前，由高变低，由近渐远。而愚钝者，不过一时或一段时期的事情，不可以妄自菲薄，相信通过学习和训练，一样可以变得聪慧而干练。不错，苏轼有诗“横看成岭侧成峰，远近高低各不同”，人间的生动与美丽，恰在这事物的多样化，人群高低远近的错落有致，而这并不影响社会的和谐与进步。

2021.8.24

★高手在民间

关于染发

染发，如今已经是再平常不过的事情了，倘有议论，多为染发对身体是否有害，致癌否？我曾经染发多年，也关心这方面问题，但至今没有证据说染发有害，甚至可能致癌。

染发，显然有不少好处，男人活跃于社会，或有个一官半职，或穿行于职场风云，棕黑压白，自然会年轻许多，心理上有底气；尤其是退休之士，白发标识的苍老感，不免使人临事不自信，而影响交际还在其次。于是，染发之风席卷四围，此为改革开放前所未有。自然，也是生活水平提高了，经济条件允许，不然百十块钱一剂的进口原装染发膏，如何敢问津？

至于少男少女乃至演艺圈人士染发，则是另外一件事情了。追求时尚，引领时尚，只在服装发型上求变逐异仿佛还不够，一样短不了染发，不来个赤橙黄绿青蓝紫，色彩缤纷，怎肯罢休。

染发是社会生活丰富（不敢说进步）的表现，是无可厚非的生活常态，是欣逢盛世的一道风景。

似乎应该感谢法国人欧仁·舒莱尔，是他发明了世界上第一支染发膏。上个世纪 80 年代后期，我曾带团考察西方公共管理，在巴黎，到过欧莱雅公司总部，知道了世界上第一支染发膏出自这里。那天，我还做了一个简短的致词，也留下美好的记忆。

自疫情发生以来，我结束了染发的习惯，并非为染发有害与否所困扰，着实因为“老了”，或者说意识到老了，已经没有好多事要做，没有好多人要见，可以结束这件美好的事情了。尽管开始不太习惯，慢慢的，时间的流水荡平了沙滩上的足迹……

在我，染发，是一段美好的记忆，当然不是诗，如同我的吸烟（早已戒掉）。但我愿寄语能够染发的老年朋友，徜徉在新时代的阳光下，继续你们的美好吧！

2021.1.23

情绪

情绪，属于心理学范畴，也是心理学的分支，所谓“情绪心理学”。情绪，有的划分为四种基本情绪，即喜、怒、哀、惧，每一种又按程度不同划为几等；有的则总体划为 7 种、8 种不等，具体的有的甚至有 108 种之多。我不懂心理学，这里也无意深入探讨这门学问。

我关注“情绪”问题，只是感到它与人健康愈来愈密切，特别是与老年人健康长寿关系甚大，不能不留意。

喜悦，自然是好情绪，我们应当注意培育；喜悦，又不是随时随处可得，那么其他情绪就要来搅扰，如何排解？就要看心理素质了。比如，一天晚上，我忽然想到自己的年龄，“原来这么大了！”空落落的房间里，“惧”来如风，一时感到心里发紧，无望无助；想到一次居家跌倒、事后写的诗《所谓最后一息》，想到鲁迅晚年病中发热时写的文字《死》，不禁悲观至极。次日，见日丽风清，月季吐艳，这“惧”也就云散了。可见我的简单，我的没心没肺。俗语“傻有傻福”，少想些非“喜悦”的，不在意偶尔袭来的种种不如意、不快，保持好情绪，实在是健康之道的首举。

正确对待一己的情绪变化，善于控制不健康情绪的困扰，保持喜悦乐观、积极向上的好情绪，是人生的重要课题，既是保持心理健康、茁壮成长的需要，也是老有所乐、延年益寿的要义。我的朋友，以为然否？

2021.7.14

说“松弛”

我这人怕“镜头”，好长一段时间，管他哪个电视台，就是边远的县台，碰到记者采访，我都紧张，说了上句忘下句，特别是谈说指定的内容，稿子怎么也背不下来。

“慢些，松弛些”，领导往往会这样说。

松弛确实是好状态，何止于此？松弛简直就是一种智慧，一种美。人处于松弛状态，头脑清楚，思路清晰，神来之笔、清词丽句会接踵而至，任你驱使；倘接受采访，还会于锦句连珠之际，不时幽默一番。想想，那该多爽！

然而，每临事要进入“松弛”状态，那样一种境界，并非人人可以做到。余观之，确有“天才”，这类人天生脸大，哪有事儿哪到，从不怯场，“松弛”得没得说。但人们仿佛从中得不到思想的启迪与智慧的果实。

而我们凡人，若进入“松弛”的境界，大约需要三方面的准备和历练。其一，有自信。对待某方面工作，情况熟悉，经验丰富；有自信，就可以驱除杂念，坦然应对，自然状态松弛。其二，广泛参与社会事务，多见世面，临事就会少紧张之感。其三，平时留意健身健脑，保持好的记忆力；记忆力好，则把握概念清楚，方便逻辑推理，也利于调动文史哲经知识储备，临场发挥就会游刃有余。

也许，“松弛”是一种人生境界，走过万水千山，阅尽人间沧桑，临事紧张感自然会少些，而淡定与自如就会多些，不过一般人“修炼”至此，在这个世界的时间也就不会很久了。

2021.6.22

签名书

一天，网上看到“孔夫子旧书店”挂出我的签名书《安林诗选》，“请某某指正”几个字赫然在目，是签给老朋友的，不禁莫名，不禁困惑，不禁悲哀。怎么会出现这样一幕？于是，赶快让新朋友购回来，以避难堪。不想，过些日子“孔夫子”又挂出一本，是签给另一位老朋友的，于是，又劳朋友大驾，再一次付款回收。随后，心生忐忑，似乎作下病了：这恼人的“孔夫子”，不知还要抛出多少我那可怜兮兮的手迹……

立马，开始反省：先是回忆自己签名送书的种种情形，新书出版，兴奋之际，不免自作多情，主动给朋友们送书，这是一种；更多的，则是朋友或朋友的朋友知道了，前来或辗转托人讨要，并“一定要签名哟”；还有一种，就是“遇见”，并不熟，人家礼貌性地说一句，“著作等身啊，务请赠送一本，还请费心签名”。于是，虚荣心来了，赶紧的……呜呼，这样回忆下去，真的要崩溃了。

随后反省的，就是以后要不要签名？那两位老朋友的书怎么跑到“孔夫子”那里，可以设想一下，比如恰乔迁之喜，旧物一概甩掉，或辞旧迎新，清理废物，旧报纸期刊连同不要的旧书等论斤出售，等等。总之，我的签名书已列入废旧物品。

在我的意识里，作家的签名书，一般不易得来，赠送或自己张口讨要的，凡有作者签名的，都单独存放，视为荣幸。有时朋友来家，我还会搬梯子从书橱的顶层取下来，一起分享荣耀。于今也真是人心不古，我的签名书落得这样的结局。

所以，我也变得日益“世故”了，每逢人们与我讨书，一般答以“对不起，没了”；送了，也绝不签名，因为“孔夫子”之辱实在不能再重复了。

2021.1.6

马虎

马虎，最经典的诠释，应该是马三立的相声名段《买猴》。故事的主人公马大哈，成了为人处世疏忽大意、不细心、不认真的代表人物。

其实，临事马虎，人皆有之，比如我吧，就发生过这样可笑之事。仿佛北京街上出租车出现不久，一天我外出招手上车，也是没话找话，对司机师傅说，“怎么现在出租车都是空军的？”司机扭头45度，递了一句“您再仔细看看”。啊噢，原来那红字是“空车”，我误以为“空军”了。并非头一次乘出租车，一直以为是“空军”，头脑里认定“空军”了。您瞧瞧，够马虎了吧。

从实说，我本不是一个马虎了事的主儿，有时鬼使神差，就会发生这种临事马虎的情况。如果说，这类马虎还可以忽略，那么，另一件发生在我身上的“马虎”，就要前事不忘，铭记于心了。1970年代，我在工厂报社做编辑，傍晚我们在校对新一期报纸（因为小报体制，编采校合一），恰刚刚开办文艺副刊版，我和前辈老陈（中山大学中文系毕业）不免兴奋，注意力都在副刊版面，结果报纸大样出了大错，一版头条“坚决支援越南人民抗美救国斗争”，报纸印出来，“支援”变成“支持”了。这下可不得了，当时工厂为军管会主事，结果，报社召开“路线分析会”，我们都做了深刻检查，接受大家的批判，好在没有背处分。

马虎非小事。是为戒。

2021.1.28

点赞

真佩服现在的媒体人，对社会把脉及时准确不说，手艺也不错；这不，前些天听广播，节目主持人请几位老外说微信“点赞”，谈话间意趣横生，听着颇有感慨。

微信朋友圈“点赞”，的确值得说说。还不论大事，仅烟火人生，家长里短，人们性情不同，所爱多样，发帖品种繁多，色彩斑斓，有人喜欢，有人踟蹰，有人可能心里不赞成，但友情为重，大多手指一点，“赞”了。要不要分析一下，该点的点，不愿点的不点？不可以。因为不仅怕对不起朋友，自己心里也过不去。特别熟的，管你发什么，看都不看，赞赞赞了。这种漫不经心，倒真的有些对不起朋友。老外谈这类问题，明明白白，直截了当，不似我们那么“国学”。这是主持人策划的高明之处，反正是老外的看法，问题说出来了，又伤不着谁。不怪大家夸“后浪”，我也是办过报，当过记者的，还在新闻研究生群里走过，如果今天重新让我站台，当记者、后台编辑，自己该眼花缭乱，不知西东了。这就叫长江后浪推前浪，一代更比一代强！

2021.1.31

快乐在哪里?

我们上大学那会儿，考试前夜，大家仿佛都不想睡觉，聚在一起讲笑话，并非取材于古今笑话大全，而是拿身边同学取笑。就这样笑啊笑，多少带有歇斯底里，现在回忆起来，大约是想把准备考试的紧张，焦虑，乃至痛苦，提前排除；须知，归家的提包早已收拾好，明天考试一结束，从教室拎包就走，直奔北京站。时间过去近半个世纪了，这情景依然难以忘怀。

如今，疫情期间，准备考试的紧张与焦虑，或于梦中、或于白日依稀重现，而往日同学以发疯般谈笑的应对，却再也找不回来了。有朋友知我心焦，提出给我介绍心理门诊，然我没有勇气答应，看心理医生就是社会进步的表现吗？还是让我自己克服罢，应该有自信！

2021.1.31

快乐老家

有一首歌，叫《快乐老家》，寓意太深，懵的还领会不了。来个望文生义，或借题发挥，那大约是说快乐在哪里？在故乡，在老屋；或者是说，只有想起老家，想起童年，想起在北方拉我回山乡慢悠悠的牛车，在南国载你去外婆家弯弯的小船，才会激动欢乐的脉搏？总之，故乡肯定是快乐的地方，那么，乡愁就不是愁了，是因快乐而苦痛，而怀念，而依恋，说到底，——还是快乐。

与老家快乐差不多的，就该是饮酒了，“举杯邀明月”也好，“对酒当歌”也好，美酒带来的欢乐，天上地下，祥云朵朵，七彩纷呈，花飞蝶舞，这快乐浸润唐诗宋词，幻化一卷《红楼梦》，奔涌人文浪潮，风云为之变色，五味为之杂陈，于是不醉不休，自得其乐也。

2021.1.31

别样的妙用

疫情还在继续，人们难免焦虑。加强防护的同时，心理疏导应该提上日程了。

于是，我想到了诗歌特别是古典诗词别样的功效，即充分发挥在心理疏导方面的妙用。20 多年前，在一次会上，我讲过类似的观点，当时我缘引一个材料，通过毛主席的光辉示范，力图说明这个道理。一次，毛主席在庐山给刘松林的一封信中，抄录了李白的诗《庐山谣》，即“登高壮观天地间，大江茫茫去不还。黄云万里动声色，白波九道流雪山。”随之，毛主席写道：这是李白的几句诗，你愁闷时可以看点古典文学，可起消愁解闷的作用。还有一次，毛主席给李讷的信中说，“害病严重时，心旌摇摆，悲观袭来，信心动荡。这是意志不坚决，我也常常如此。……诗一首，（王昌龄的）青海长云照雪山，孤城遥望玉门关。黄沙百战穿金甲，不斩楼兰誓不还。这里有意志，知道吗？”

古典文学有此功效，新诗如何？也有此功能，可能弱些，或曰疗效远不如古典文学，新诗出现不过百余年，可以说，这恰是新诗需要吸收古典文学的营养，扎根群众生活的沃土，努力创新，以全面而有力地服务人民。

2021.1.31

★ 乡情

"话疗""话痨"及其他

本来拟题"话疗与话痨"，觉得不妥，因为它们之间不是一对矛盾，二者没有同一性。于是，就写成这样，以为比较合适。

当然不是玩概念，语言交流确实可以疗病疗伤，特别是在特殊情况下，诸如眼下的疫情散发。散发，"严重复杂"，固然不可不认真对待，但过分紧张也会带来许多问题。比如，长时间的不可缓解的焦虑，引发心理疾病。这样，就需要做思想工作，讲科学道理，也交流感情，以排解焦虑与苦闷。

做思想工作，其基本方法，就是谈话，帮助朋友克服焦灼心境，走出烦忧，同心抗疫，共克时艰。谈话真的可以扶正袪邪，可以疗伤治病。对此，古今中外的实例不胜枚举。日常生活需要，党务政务同样需要。记得我供职组织部门，编写《组工通讯》时，就写过《要同干部谈话》《多同干部谈话》等言论，对干部进行有针对性的思想疏导与政治约束，以助力干部队伍素质和能力的提高。谈话，应该是互动，诲人不倦固然是美德，自我感觉太好，别人也不一定愿意听，听了，也不一定能入脑入心；言谈动之以情，无疑会提高疗伤效果，但需要真诚，倘虚情假意反倒会适得其反。

而话痨者，则见面唯恐避之而不及；从实说，一个人话多并不是毛病，其令人生厌之处，在于不分场合、不看对象随意胡说，以炫耀知识丰富、见闻广博，或一厢情愿地排遣一己心中寂寞，且言不及义，不着斤两，耗人时间与精力。

至于市井泼皮以语言布局，四处招摇，坑蒙拐骗，则与话痨又不一样，须提高警惕，当面揭底，还骗子以本来面目，送他们到应该去的地方，以接受应有的惩罚。

2021.2.2

第八辑

云中点评

春深花落去。疫情在侧，宅家气短，做不成事情，就转朋友圈，看到有趣儿的，就点赞，偶尔借题发挥，写点随感，积以时日，回头看看，觉得似乎应该留存下来，作个纪念。

致“采菊”：

相信未来！人类从远古走来，多少苦难，多少黑暗，多少蜕变，历史终究没有终结，人类终究没有毁灭，总是光明在前，光明在前——人定胜天，在尊重自然尊重客观规律的前提下，依然是真理，无论如何，举目悲观，无所作为的观点，都是不可取的。可以说，人们珍惜这些记录美好岁月的倩影，就是笑对生活，乐观过往，其中就寓有相信未来的情愫！

致尹阒：

谢推荐。去年大约比现在晚些时候，我去谷克德看索玛花开，老开心了；漫山遍野，山花烂漫，就着起伏的地势，蓝天如镜，白云缭绕，恍惚走进童话世界，还有山风中邂逅的牧羊人……

致“凉山文旅”：

冶勒、谷克德，去过一次再难忘记，去过一次，还想再去，美丽，神奇，丰富，所谓诗与远方，在那里统一于如画的江山与如诗的历史中。

致“采菊”：

迎来春暖花开，却不能四野八荒漫游，尽管如此，还是可以拓宽心境，静观花开草长。于是，蚂蚁的足音仿佛入耳，何其美妙的春消息……

★山花烂漫

致广达：

早安，广达！应该说，我们早过了闻鸡起舞的年龄，然而这只美艳而矫健的雄鸡，他那高亢的鸣音，这样鼓舞了我，仿佛催我远行，催我振笔。

致广达：

仿佛疫情势弱，海南静好；看南风微醺，花木扶苏，鸟虽索居，并不寂寞，我等宅居则郁闷久矣。今有君一镜精彩，带来这多快意，不免艳羡君之闲趣难得。

致广达：

写实的夏荷看多了，不免习以为常；此刻，迎面有这般残荷入眼，立体感？抽象化？铁钩之入木与水彩之淡雅？唔，余词尽穷，叹广达之光影追求，一镜走南北，功夫尽现，每有收获仿佛如醉如痴，吾与君同乐，并致敬佩之意！

致广达：

悬停，你这展翅的精灵，给摄者一个欢愉，一个期盼已久的光影的果实。再飞翔，酝酿下一个悬停，——并非逗你玩儿，是咏叹式的飞行：悬停该是标点，大部分是逗号，可以设想间或有惊叹号，那是发现你仰视的镜头，从中看到自己颠倒的姿容……

倘能对话该多好，不苟言笑也无妨，只要为人们输入强健，昭示以奋飞追求理想的诗句。（广达：回复一晴：每读谷兄诗意的评说与解读，都感觉原本平庸的图片平添了五彩的光芒，并且活了起来。感谢谷兄令其升华！）

致央广记者雅萍：

（记者：别人复工复产，我复吃！小半年没堂吃了，居然很怀念！）

有同感，但还不敢。您先吃，好赶路，好新闻好策划好文章就在前面！

致炳信：

夜风筝，还从未见过，虽然我居京50多年（“净重”，放到内蒙古10年刨除），见证了两个历史时期。夏夜里放风筝，这浪漫，只有在现代大都会的北京城方可一睹，方可一叹，方可作为身边的幸福加以圈点——然而，田君描绘的如果不是夜景呢，我岂不是在说梦？

当然，田君（怎么，这称谓，忽然产生称谓邻邦人氏的语言感觉），说的是释放，或曰诗化的放飞，这感觉多么博大，仿佛狂想曲……

呜呼，此刻不知所云了，打住。

致小鲁：

（一个惊叹表达，首次亮相：经雷波、金阳、宁南、会理、会东的沿江高速效果图出炉）长征路，索玛花，方便更多的人来民族地区参观学习，体验文化，学习历史。

致广达：

（飞翔的阿穆尔）猛禽在天，衬托绿野壮阔；一镜横扫，自有光影快活！哦，飞天，梦里依稀内蒙古，厂区三剑客，诗文故事多，今携一片云，重写少年歌。

致选辉：

水阔天低，徜徉静好岁月，花团锦簇，流连诗意朝夕，出语“吾乡”，更凸显公仆为民本色，点赞“黑桥”，又是几处休闲乐园？

致“快乐音符”：

晒娃娃，多么好！晒娃娃，就是晒欢乐，晒幸福，晒希望——这种满足，透出对未来的憧憬！

致尹阗：

有趣儿！这样的鸟窝颇新奇，如诗如画，触发联想，生发美感。

致圆舞曲：

（我的岁月情话）繁花落尽的惆怅，为新锐萌动的色泽所替代，世间之所以有开不败的花朵一说，盖因养花人细心呵护，说花木亦有灵性，大约就是这个道理。那么，从中是否还能引出诸多哲学思考呢？

致“一鼎”：

顶。构图优美，深邃；颜色淡雅，和谐，一幅画，无论挂在哪里，举头一望，都会感到饶有兴味。

致王丽达：

（小汤唱歌）小时了了，长大了得！

致王丽达：

（崇高的感动最长久）唤起崇高，这感动不易。有追求的作者，我们的艺术家，应该为此而不懈奋斗。

致“劲草”：

（告别春天）真好。想象奇妙，充满童真，那语言，那心理，那夏日炎炎中的冰凉与湛蓝——有的人少年老成，仿佛从来没有童真童趣，有的人童真伴随终身，哪怕是每日工作在最枯燥的环境、生活在最森严的要求下，依然内心世界丰盈，不乏童真童趣。

致兰君：

红蜻蜓，该是夏荷的绝配，这画图隐喻的童真童趣，把人们带到无忧无虑的童年，那久远的多彩的梦境与仿佛透明的无梦的诗篇——写实有写实的特点，可以感受真实的花朵，真实的夏天；多样化的摄影作品，不一样的艺术感受，礼赞大自然之美，生活之美，心灵之美！

致“吉桃”：

（红军长征在遵义专家座谈会）永恒课题，常学常新。想到四川的朋友能否开展“过草地”的课题讨论，深化历史研究，拓展长征题材文艺创作，托出史诗量级的电影、歌剧等作品。

致“一马平川”：

（嘉宝果，也叫树葡萄——）从未见过。世间物种这般丰富，真的让人感叹缺少想象力。

致广达：

你是鸟的朋友，深谙其谱系名号，重要的是拍出神韵，期间投入的不仅是辛勤的汗水与心智，还有对大自然，对世间生灵的爱！这八幅作品，格调清新，明朗，神态可掬，动感十足，给人以勃勃生机之鼓舞。岁月静好，离不开鸟语花香，疫情笼罩全球，惟广达兄携镜游走，拍出活泼泼的画面，活泼泼的花鸟，活泼泼的生命气象，足见内心之强大，情感之刚健与柔软，值得学习，值得效法，值得称赞！此外，中间的一幅，荷叶上探头的尊者，仿佛是龟呢。龟虽寿，大家保重，都有长长的福寿，与时代同行。

致炳信：

色彩斑斓，炫，绚烂，还有什么词，可表达对田君用光影绘画的色彩与神韵？那特殊的印象？如梦如幻，是读后的感动与联想，有奇思异想之人方可托出别样的摄影作品，给人以新鲜感，给人以艺术创作的启迪！

致“观盛阁”：

槐花儿甜、槐花儿香，“槐花儿开处有亲娘”，乡情浓郁，令人泪目，也催人奋进。

歌词构思完整，一唱三叠，词语朴素，却动人情怀，曲调张扬民歌风，又有时代流韵，宜于传唱。愿岁月静好，家乡日新。陵川好！

致晓军：（汪诗：绿叶罩阴凉，青杏待红黄，夏至尚有时，疫情亦彷徨）诗来了，真好！流丽天然，才气自见，尤其“青杏待红黄”一句，令人拍案叫绝。读到“疫情亦彷徨”，不禁又生出几许无奈。

致万文侠：

老同志的期待，则是有一条索道或直梯（哪怕分段），让我们如愿登上金刚台，缅怀英烈，以至披襟喊一声：此乃雄风也！

致“观胜阁”：

（歌曲《槐花儿甜，槐花香》入选“学习强国”）一声“槐花儿开处有亲娘”！不禁催人泪下，浮想联翩，唤起亲情似水，激荡家

★人类的朋友

国情怀。真好！

陵川不大，故事不少，家国情怀，万千气象，少为人知，何故？猜测，除以往地处边缘，交通不便，宣传不够也是一个重要原因。这首歌应该是陵川的蒲公英，远播四方，彰显芳华。须知，鼓荡着抗日雄风的歌曲《在太行山上》，就诞生在这里，红色文化积淀深厚，——后来人对此只有竞折腰，来此竞折腰！自然风光，人文气象，历史风采，来陵川（山西晋城陵川县）都会产生叹为观止的感慨呢！

致晓军：

（29 年前的今天，中央批准出版《中国共产党的七十年》）至今仍是扛鼎之作。

致王星琦：

终不懂书法，星琦书写的如何，怎能妄评；然字里行间流动的秀美与亲切，令我油然而生“乡愁”。40 多年前的塞外，那初见风沙肆虐的环境，那五月的厂区，生产喜报与火线诗抄纷飞的“潮”，曾经激动我们的脉搏，化作青春的诗行，那时我们出版的作品集就有星琦的题签与插画，于今自然是老辣得可以了。

疫情弥漫的世界，戴着口罩的夏天，星琦试笔，可见瞩目充满光亮，心态平静而舒适，无形中给远方的友人带来生活的信心与慰安。

致“寻梦”：

（累了，就休息，困了就睡觉，别熬夜太久，好好爱这个独一无二的自己）实话。珍爱健康，才会有静好岁月的花开草长，绽放生命美丽的长长的未来。

致金凤：

看来要研读李贽，应该得到鼓励！李贽的著作是一座文化宝库，可以开掘出新的思想元素呢。

致广达：

许久不见，又逢葵与鸟，其实不是双雀，叶间还藏有一只，哈，三剑客嘛！不知星琦可好，他好静，惟埋头写字，不事喧哗（自然，我们也仿佛在仿默剧，几不发声）真学者也！而你的动静结合，凸显于好“摄”之中。

人生苦短，不觉年事已高，也不知何时可以出行，兄弟们偕肩登高，看山河气象，再饮几杯？

致俞敏：

（沪语音频《共产党宣言在沪出版史末》）《共产党宣言》翻译出版，是建党的永远纪念，是革命先驱先贤确立崇高信仰的生命甘泉，中国共产党百年诞辰来临之际，重温这个红色故事，意义深远，催人奋进！

致“天明”：

（今日朗读：黄亚洲《运河开始了》）题目，想到胡风的：时间开始了。不过，亚洲的诗句明快，犬牙交错，是利剑，是历史蜿蜒的裂痕——

狼毫尖利如刀，宽大的袍袖似颤动的帆，以及裂缝里流动龙井与碧螺春，等等，联想之大胆，比喻之狂野，使人印象殊深。亚洲才气逼人，诗思雄奇，笔锋不倒，贺！

致晓军（书评王新生的《穿越历史时空看长征》）：

书好，还得有人评介，以引起广泛注意，否则书海茫茫，哪里知道《穿越历史时空看长征》一书的新颖与厚重?

近年来，由于多种原因，我迷恋于长征学，凡涉及长征的史料、著作，多所搜集浏览；同时，寻找机会，走长征路看革命遗址，也力所能及地参与一些弘扬长征精神、传承红色文化的事情。期间，就满怀欣喜拜读新生的这部大作，受益匪浅。现在，饱学之士汪晓军社长出手评介，难得用心，文理通透，实为导读，自然是一件美事。

那么，远近的朋友们，一读《穿越历史时空看长征》，从中感受不一样的长征叙述，不一样的红色情怀!

长征学?没有问题。与红（楼梦）学比较，长征这门学问，长征文化，更加内涵深厚而富有实践意义——

随着长征国家文化公园建设、长征干部学院的兴办，以及长征题材书刊、戏剧、影视作品等不断涌现，长征学的繁荣不是可以预见的吗?

致央广记者雅萍：

（央广记者：咦，这是什么花?无论什么花，努力绽放，就是一种积极的生活态度）仿佛是玉簪花，初放时香气袭人。

无论什么花，努力绽放。语涉向上的生活态度，说的真好。这种感觉，这种心态，无疑属于与生活同步的人们，或如雷锋所说，属于力争上游的人们!

致“寻梦”：

（学会沉默，因为沉默是金；学会说不，因为做不到的事不要强求——）小小年纪不宜感叹人生，长此以往容易沦为“思想家”。

自然，这里写的都是锦句。

致“广达”：

灵动的小翠，好快活，疏密有致的岸柳飘摇，还可以伴你许久呢，在京都，这该是深秋季节叶子最后坠落的树种之一。

广达拍这么久的飞鸟，从夏到秋，技艺已炉火纯青，这九幅中国画笔触飘逸，淡雅宜人，别开生面，意境深邃，相当耐人品味；画中有诗，流动的诗情，引人走近崇高，绝美的诗意令人沉醉于肥唐瘦宋文化。

啊哦，你镜头里的小翠原来是一个无冕的文化使者，依稀借流利的光影抚慰无冕寂寞的心灵，提升我们的文化品位。

致炳信：

从来不知“闲”为何物，那些过去了的岁月。如今不免多些沧桑感，偶尔也“闲”，这“闲”仿佛是个产床，生出诸多美好的事物，甜蜜的果实，以及不乏深奥而耗脑的诗篇。

时光在炳信那里从不浪费，就是边角余料，也熠熠生辉，让人感叹生命的美丽与多情！

致广达：

如此高清，蜂翼透明，草叶如染，原来昆虫入镜也是这般美丽动人。联想去年在陵川你拍睡蛾的情景，依稀就在眼前。疫情改变生活，或曰影响生活，我们的摄影家困于一隅，仅能俯瞰事物（自然，也是摄影门类）何时可以携镜远行，再拍大山大河？

致“野客”：

有趣，以蟹言谢！海阔山遥，可以拱手一谢：蟹蟹啦！（广达：谢蟹啦！）

★相伴

致广达：

说说小翠。几年前，游走玉渊潭公园荷花淀，忽见人群静默，镜头云集，不免好奇，问一面善者何故，原来在等小翠。据说是一种可爱的小鸟，无奈，驻足良久，不见踪影，只好离去。

于今，广达兄收镜展图，拉近翠鸟给我们欣赏，这活泼泼的精灵果然让人欢喜非常，翠色悦目，翎翅飞动，仿佛鸣音在侧——你就是小翠！至少北京的摄者（拍客）不倦地追随着你，谱写四季情歌。谢广达给我这多翠鸟的倩影，这多灵动的诗句！

致“劲草”：

“诗歌与艺术”发刊，值得祝贺，值得关注。

开篇，看轻柔的月光，流水般漫过，仿佛在讲述美的故事，我们认识了舒曼，欣赏了与诗歌孪生的音乐的传奇。疫情未去，花开草长，毕竟春天是锁不住的，每天宅家难免孤寂，现在有别开生面的诗歌与艺术相伴，那生命气象该如鲁迅所谓可以“神旺”罢。

致“劲草”：

构思新颖，想象奇特，画面淡雅，而不乏清词丽句，让人一读难忘。作者所作的朗诵，多少一些剧院演奏大厅的如诗如画。“诗歌与艺术”，又掀开了一页，推出《波格莱里奇的钢琴》，花香袭人，触发联想。

如梦如幻的氛围与情调，更增添了诗情的拓展与诗意的张扬。

时光的声音，时光的身影，在变幻的琴声中可以这样表现吗？还有，调皮的精灵，可人的妖精，奔跑着，跳跃着，飞舞着，这个天才的波格莱里奇的指尖流转，那琴声琴韵带给我们怎样奇妙而多彩的人生感受！

★ 生命气象

我想说，在一首短诗里，怎么会有如此丰富的意象纷呈与情感凝聚？说匠心独运，大约非溢美之词。时光若金，大家都须珍重。祝诗人笔健，新作联翩。期待。

致“劲草”（读《舍赫拉查达》）：

童年的记忆里，岂能少了一千零一夜的故事：命悬一线的少女舍赫拉查达，以她过人的睿智和无可比拟的想象力，编织了云锦般奇妙的故事，终于感化了苏丹王，从而逃过了死亡，收获了人生传奇。俄国著名作曲家科萨科夫的热情笔触，以舍赫拉查达和她讲述的奇妙的故事为中心，创作了这样一部传世的大型交响曲作品，带给我们的震撼和悠远的想象，同样不同寻常。

诗人是有福的，能够“君临”国家大剧院华美的演奏大厅，聆听世界一流乐团演奏这部交响曲《舍赫拉查达》，随后才思张扬，写下了这首同名的诗篇，于是，在这静谧的春夜，我一边听着交响曲，一边欣赏着流淌在乐曲中的诗情画意，一时忘记了依然险恶的疫情。

诗总是美好的，如静好的岁月，亦如烂漫的青春。劲草吟唱的舍赫拉查达，还有她的一千零一个令人心悸的夜晚，那逆行的故事说唱，呈现的却是暖阳，是轻松，轻盈，轻快，这是诗人对舍赫拉查达的睿智、自信的解读，也是诗人对《天方夜谭》中美丽动人的阿拉伯民间故事的童话再现。诗人不知不觉地飞出大剧院，伴着乐曲躺在云朵里，看阳光烘焙着云团，“散出一阵金色的暖”“风推着没有我的云，缓缓掠过我身边”“我开始变得，没有一丝重量”。看啊，就是这么轻，这么轻盈，这么轻快，这么轻松，诗人对危急中逆行的舍赫拉查达的赞美，就是通过这样的建构，这样的描写，而这应该是最精准的观察，最顶级的表达。那些异域美好的民间故事呢，尽管五彩斑斓，充满奇思妙想，依然可以用轻松、轻快、轻盈来传达，毕竟是远方的童话，远方的诗篇，诗人俯瞰人间，亮出诗眼："我躺在云朵里了，比风更轻盈，比阳光更暖"。

第三期了，"诗歌与艺术"如约见面，而且愈办愈好，愈丰富，愈亲切。我以童话般的好奇，守望劲草的花的原野。

致"劲草"（读《春之祭》）：

在刚刚过去的这个不寻常的冬季里，我们曾何等强烈地呼唤春天；海子的诗句又一次突破冻土，给人们带来心灵的慰藉——"面朝大海，春暖花开"！

啊，《春之祭》！读着劲草青春的诗行，欣赏着斯特拉夫斯基的现代主义古典芭蕾舞剧音乐，感动的同时更有悠长的遐思……

四季有序，大地回春，而迎接春天的回归是要付出代价的。国际著名音乐家斯特拉夫斯基的芭蕾舞剧《春之祭》，仿佛没有故事情节，突出了迎接春天的仪式感，而这由粗放、狂野的乐曲掀动的异域舞蹈表现出的上古时期神秘的迎春仪式，是这样震撼人们的心灵；当被选出作祭献春天的舞者不息地旋转，最终倒在春天里，显然完成了一个美好的象征，即春天的到来固然是时序更迭的必然，但冰雪曾经肆虐，春天永远属于迎着困难逆行的奋进的人们。

诗人的《春之祭》还原了斯特拉夫斯基的舞剧创意，以"大地母亲在召唤，一位远游的孩子，将要回到母亲身边"起兴，随后意象幽微，从容叙事，以童话般的笔触表现大地呼唤春天，孩子就是那充满生机活力的春之脚步。在激越的舞蹈中，诗人细腻地描绘了孩子们的迎春舞曲，"不停高举的手臂，像破土的细芽""盘旋的飞鸟，紧盯了每一个延迟的脚步"。观察的细微和表现的细腻，以及对这场芭蕾舞剧音乐的创新之美的独特感受，无疑反映出了年轻诗人的艺术欣赏水平和诗艺创造力。

那么，下一曲呢，诗歌与艺术？缤纷花雨中，我们继续期待。

2020.4.1

★面朝大海，春暖花开

图书在版编目（CIP）数据

河边流萤 / 谷安林著 . -- 北京：中共党史出版社，2021.11（2022.4 重印）

ISBN 978-7-5098-5952-0

Ⅰ . ①河… Ⅱ . ①谷… Ⅲ . ①随笔—作品集—中国—当代 Ⅳ . ① I267.1

中国版本图书馆 CIP 数据核字 (2021) 第 226650 号

出版发行：中共党史出版社
责任编辑：陈海平
责任校对：申宁
责任印制：段文超
社　　址：北京市海淀区芙蓉里南街 6 号院 1 号楼
邮　　编：100080
网　　址：www.dscbs.com
经　　销：新华书店
印　　刷：北京盛通印刷股份有限公司
开　　本：152mm × 230mm　1/16
字　　数：152 千字
印　　张：21.25
版　　次：2021 年 11 月第 1 版
印　　次：2022 年 4 月第 2 次印刷

ISBN 978-7-5098-5952-0

定　　价：68.00 元

此书如有印制质量问题，请与中共党史出版社出版部联系
电话：010-82517197